PLAN D'EXTERMINATION

DU MÊME AUTEUR

Aux Éditions Fleuve Noir :

Collection « Anticipation » :

Le pionnier de l'atome (*Epuisé;* adapté en B.D., coll. SIDERAL).
Au-delà de l'infini (Adapté à la radio. Traduit en néerlandais, grec et portugais , adapté en B.D., coll. SIDERAL. Réédité en coll. « S.-F. Jimmy Guieu »/Plon).
L'invasion de la Terre (Traduit en italien et grec. Adapté à la radio et B.D., coll. SIDERAL. Réédité en coll. « S.-F. Jimmy Guieu »/Plon).
Hantise sur le monde (Traduit en italien et grec. Adapté en B.D., coll. SIDERAL. Réédité en coll. « S.-F. Jimmy Guieu »/Plon).
L'univers vivant (Traduit en portugais et grec. Adapté en B.D., coll. SIDERAL. Réédité en coll. « S.-F. Jimmy Guieu »/Plon).
La dimension X (Adapté en B.D., coll. SIDERAL. Réédité en coll. « S.-F. Jimmy Guieu »/Plon).
Nous les Martiens (Traduit en portugais et italien. Réédité en coll. « S.-F. Jimmy Guieu »/Plon).
La spirale du temps (Adapté en B.D., coll. SIDERAL. Réédité en coll. « S.-F. Jimmy Guieu »/Plon).
Le monde oublié (Adapté en B.D., coll. SIDERAL. Réédité en coll. « S.-F. Jimmy Guieu »/Plon).
L'homme de l'espace (Grand Prix du Roman S.-F. 1954. Traduit en italien, espagnol, portugais, yougoslave. Adapté à la radio et en B.D., coll. SIDERAL. Réédité en coll. « S.-F. Jimmy Guieu »/Plon).
Opération Aphrodite (Adapté en B.D., coll. SIDERAL. Réédité en coll. « S.-F. Jimmy Guieu »/Plon).
Commandos de l'espace (Traduit en espagnol. Adapté en B.D., coll. SIDERAL. Réédité en coll. « S.-F. Jimmy Guieu »/Plon).
L'agonie du verre (Traduit en allemand. Adapté en B.D., coll. SIDERAL. Réédité en coll. « S.-F. Jimmy Guieu »/Plon).

Univers parallèles (Adapté en B.D., coll. SIDERAL. Réédité en coll. « S.-F. Jimmy Guieu »/Plon).

Nos ancêtres de l'avenir (Adapté en B.D., coll. SIDERAL. Réédité en coll. « S.-F. Jimmy Guieu »/Plon).

Les monstres du néant (Traduit en allemand et grec. Adapté en B.D., coll. SIDERAL. Réédité en coll. « S.-F. Jimmy Guieu »/Plon).

Prisonniers du passé (Adapté en B.D., coll. SIDERAL. Réédité en coll. « S.-F. Jimmy Guieu »/Plon).

Les êtres de feu (Adapté en B.D., coll. SIDERAL. Réédité en coll. « S.-F. Jimmy Guieu »/Plon).

La mort de la vie (Avant-propos de l'atomisticien Charles-Noël Martin. Traduit en italien. Adapté en B.D., coll. SIDERAL. Réédité en coll. « S.-F. Jimmy Guieu »/Plon).

Le règne des mutants (*Epuisé.* Adapté en B.D., coll. SIDERAL. Réédité en coll. « S.-F. Jimmy Guieu »/Plon).

Cité Noé N° 2 (*Epuisé.* Traduit en portugais. Adapté en B.D., coll. SIDERAL).

Créatures des neiges (Réédité en coll. « Les lendemains retrouvés ». *Epuisé.* Editions Fleuve Noir).

Le rayon du cube (Réédité en coll. « Les lendemains retrouvés ». *Epuisé.* Editions Fleuve Noir).

Convulsions solaires (Traduit en portugais/Brésil. Réédité en coll. « S.-F. Jimmy Guieu »/Plon).

Réseau Dinosaure (Traduit en grec. Réédité en coll. « S.-F. Jimmy Guieu »/Plon).

La force sans visage (*Epuisé*).

Expédition cosmique (*Epuisé.* Traduit en italien).

Les cristaux de Capella (*Epuisé*).

Piège dans l'espace (Traduit en portugais. Paru en feuilleton dans *Dernière Heure,* Alger. Réédité en coll. « S.-F. Jimmy Guieu »/Plon).

Chasseurs d'hommes (Réédité en coll. « S.-F. Jimmy Guieu »/Plon).

Les sphères de Rapa Nui (Traduit en italien et portugais. Réédité en coll. « Les lendemains retrouvés ». Editions Fleuve Noir. *Epuisé*).

L'ère des Biocybs (Traduit en portugais. Réédité en coll. « S.-F. Jimmy Guieu »/Plon).

Expérimental X. 35 (Traduit en portugais. Réédité en coll. « S.-F. Jimmy Guieu »/Plon).

Planète en péril (Réédité en coll. « S.-F. Jimmy Guieu »/Plon).

La caverne du futur (Traduit en espagnol. Réédité en coll. « Les lendemains retrouvés ». Editions Fleuve Noir, *Epuisé*).

La grande épouvante (Réédité en coll. « S.-F. Jimmy Guieu »/Plon).

L'invisible alliance (Réédité en coll. « S.-F. Jimmy Guieu »/Plon).
Le secret des Tschengz (Traduit en portugais/Brésil. Réédité en coll. « S.-F. Jimmy Guieu »/Plon).
Opération Ozma (*Epuisé*).
L'âge noir de la Terre (*Epuisé*).
Mission « T » (Réédité en coll. « S.-F. Jimmy Guieu »/Plon).
Les forbans de l'espace (Traduit en portugais/Brésil. Réédité en coll. « S.-F. Jimmy Guieu »/Plon).
Projet King (Traduit en espagnol. Réédité en coll. « Les lendemains retrouvés ». Editions Fleuve Noir).
Les destructeurs (Traduit en portugais/Brésil. Réédité en coll. « S.-F. Jimmy Guieu »/Plon).
Les portes de Thulé (Réédité en coll. « S.-F. Jimmy Guieu »/Plon).
Le retour des dieux (*Epuisé.* Traduit en portugais/Brésil). (Réédité en coll. « S.-F. Jimmy Guieu »/Plon).
Les sept sceaux du cosmos (*Epuisé.* Traduit en portugais/Brésil). (Réédité en coll. « S.-F. Jimmy Guieu »/Plon).
Joklun-N'ghar la Maudite (Traduit en portugais/Brésil. Réédité en coll. « S.-F. Jimmy Guieu »/Plon).
La terreur invisible (*Epuisé.* Traduit en portugais/Brésil). (Réédité en coll. « S.-F. Jimmy Guieu »/Plon).
Refuge cosmique (Traduit en portugais/Brésil. Réédité en coll. « S.-F. Jimmy Guieu »/Plon).
L'Ordre Vert (Prix du roman Esotérique 1969. Réédité en coll. « Les lendemains retrouvés ». Editions Fleuve Noir. *Epuisé*). (Réédité en coll. « S.-F. Jimmy Guieu »/Plon).
Traquenard sur Kenndor (*Epuisé*). (Réédité en coll. « S.-F. Jimmy Guieu »/Plon).
Demain l'Apocalypse (Réédité en coll. « S.-F. Jimmy Guieu »/Plon).
L'arche du temps (Réédité en coll. « Les lendemains retrouvés ». Editions Fleuve Noir).
Le triangle de la mort (Réédité en coll. « Les lendemains retrouvés ». Editions Fleuve Noir. *Epuisé*). (Réédité en coll. « S.-F. Jimmy Guieu »/Plon).
Plan catapulte (*Epuisé*). (Réédité en coll. « S.-F. Jimmy Guieu »/Plon).
Les orgues de Satan (*Epuisé*). (Réédité en coll. « S.-F. Jimmy Guieu »/Plon).
La voix qui venait d'ailleurs (*Epuisé*). (Réédité en coll. « S.-F. Jimmy Guieu »/Plon).
Le grand mythe (*Epuisé*). (Réédité en coll. « S.-F. Jimmy Guieu »/Plon).

La charnière du temps (*Epuisé*). (Réédité en coll. « S.-F. Jimmy Guieu »/Plon).
Enjeu cosmique (*Epuisé*).
Les maîtres de la Galaxie (*Epuisé*). (Réédité en coll. « S.-F. Jimmy Guieu »/Plon).
Les rescapés du néant (*Epuisé*). (Réédité en coll. « S.-F. Jimmy Guieu »/Plon).
La mission effacée (*Epuisé*).
Opération Neptune (*Epuisé*. Traduit en portugais/Brésil).
Les germes du chaos (*Epuisé*. Grand Prix du Roman S.-F. Jean Auvray 1973. Traduit en portugais/Brésil).
Les veilleurs de Poseidon (*Epuisé*).
L'exilé de Xantar (*Epuisé*). (Réédité en coll. « S.-F. Jimmy Guieu »/Plon).
Le maître du temps (*Epuisé*).
Manipulation psi (*Epuisé*).
Les pièges de Koondra (*Epuisé*. Traduit en grec). (Réédité en coll. « S.-F. Jimmy Guieu »/Plon).
Les fugitifs de Zwolna (*Epuisé*. Traduit en grec). (Réédité en coll. « S.-F. Jimmy Guieu »/Plon).
Les Krolls de Vorlna (*Epuisé*).
Le bouclier de Boongoha (*Epuisé*. Traduit en grec). (Réédité en coll. « S.-F. Jimmy Guieu »/Plon).
La stase achronique (*Epuisé*). (Réédité en coll. « S.-F. Jimmy Guieu »/Plon).
La colonie perdue (*Epuisé*). (Réédité en coll. « S.-F. Jimmy Guieu »/Plon).
La lumière de Thot (*Epuisé*).
Les légions de Bartzouk (*Epuisé*).
Les yeux de l'épouvante (*Epuisé*).
Hieroush, la planète promise (*Epuisé*).
La clé de Mandala (*Epuisé*).

Dans la Collection « Angoisse » Fleuve Noir :

Oniria (Réédité en coll. « Les lendemains retrouvés ». Editions Fleuve Noir. *Epuisé*).

Dans la Collection « Documents »/Fleuve Noir :

(*Epuisés* et réédités par « L'Omnium Littéraire »/Diffusion Dervy-Livres, Paris). Ouvrages documentaires :
Les soucoupes volantes viennent d'un autre monde (Traduit en anglais et espagnol).
Black-out sur les soucoupes volantes (Préface de Jean Cocteau).

Dans la Collection
« Les Chevaliers de Lumière » : Fleuve Noir :

La Force Noire.
Le Pacte de Kannlor.
La terreur venue du néant.
Narkoum : finances rouges.

Chez L'Omnium Littéraire (Diffusion Dervy-Livres, Paris)

Le livre du paranormal (Ouvrage documentaire. Traduit en italien et espagnol).

Dans la collection
« *Les Carrefours de l'Etrange* » (Editions du Rocher) :

Contacts OVNI Cergy-Pontoise.

Chez Pierre Belfond

Le monde étrange des Contactés.

JIMMY GUIEU

Grand Prix du Roman Science-Fiction 1954
Prix du Roman Esotérique 1969
Grand Prix du Roman S.-F. Jean Auvray 1973
Prix du roman à succès 1987
(Catégorie Science-Fiction)

PLAN D'EXTERMINATION

Les Chevaliers de Lumière — V

JIMMY GUIEU INÉDIT

FLEUVE NOIR

6, rue Garancière - Paris VIe

ISBN : 2-265-03771-0

Les noms de personnages (personnes morales, civiques ou juridiques), sigles de groupements ou associations cités dans ce roman (à l'exclusion des amis du héros!) sont fictifs. Toutes similitudes ou ressemblances avec des personnes, sigles ou organismes qui pourraient exister ne seraient — malgré les apparences — que pures coïncidences ou fortuites, et résulteraient dès lors d'une interprétation erronée.

Sujet envers lequel l'auteur décline toutes responsabilités.

J.G.

CHAPITRE PREMIER

Tel un cristal bleuâtre de forme allongée, le *Nerkal,* vaisseau amiral des Chevaliers de Lumière, se maintenait en orbite géostationnaire à 36 000 km de l'hémisphère Nord de la Terre. Il disparaissait parfois derrière son champ d'invisibilité, modifiait son inclinaison sur l'écliptique et subitement redevenait visible, après une éclipse de durée variable.

Le premier astronome — amateur ou professionnel — à le repérer sur sa nouvelle orbite en avisait alors immédiatement l'U.A.I., l'Union Astronomique Internationale, qui répercutait l'information à ses adhérents.

Et le monde entier s'interrogeait : après leurs actions d'éclats au cours des mois écoulés, quels nouveaux coups de main contre la Force Noire, la Narkoum et autres criminels de haute volée, pouvaient bien préparer ces « Rambo du Cosmos » ? Un mois déjà qu'ils ne s'étaient plus manifestés, sinon par la présence sécurisante de leur cosmonef géant, long de 8 000 m, formidable « navette » bleutée parfaitement discernable à l'œil nu.

Puis de nouveau, « ils » firent parler d'eux...

Par le truchement de moyens techniques infiniment supérieurs aux nôtres, ainsi qu'ils l'avaient déjà fait plusieurs fois, les Chevaliers de Lumière interrompirent ce soir-là, à 20 heures, les programmes des diverses chaînes françaises de télévision mais aussi les émissions radiophoniques. Sur les écrans s'inscrivit l'image d'une ravissante jeune femme brune en tunique blanche, arborant à l'épaule gauche le blason de l'Ordre Cosmique : un cercle constellé d'étoiles d'or, avec un triangle vert, au milieu duquel se dressait un glaive étincelant. Au sommet du triangle, la croix pattée de l'Ordre du Temple, flanquée à droite d'une équerre, à gauche d'un compas, les signes de rectitude.

Jouant les téléspeakerines, souriante, Nancy Richemont (1) prononça de sa voix feutrée :

— « Amis français, bonsoir. Désolée d'interrompre le journal télévisé et les bulletins d'information radiophoniques, mais les Chevaliers de Lumière vont ce soir vous délivrer un nouveau message. Cette interruption sera aussi courte que possible et vous pourrez ensuite, normalement, suivre les émissions que vous aurez choisies. Je cède la parole à notre Vénérable Maître Commandeur... »

Dans le P.C. des transmissions du *Nerkal*, au 21e pont/section proue, le kabbaliste israélien Michel Merkavim, en tunique blanche, remplaça le minois de la belle Nancy Richemont. Le visage du dignitaire demeurait dans l'ombre, pour ajouter à l'aura de mystère dont aimaient — par prudence aussi — s'entourer ces justiciers implacables.

— « Bonsoir à tous. A deux reprises, par l'inter-

(1) Cf. « *L'Ordre Vert* », n° 54, Série « S.F. Jimmy Guieu », chez Plon.

médiaire de vos radios et chaînes de télévision, nous avons adressé un appel aux chômeurs : ouvriers, techniciens, et cadres, mais aussi aux malheureux réfugiés fuyant la barbarie instaurée par les Rouges, tels ces infortunés *boat peoples* que nombre de pays — dont la France — ont accueillis avec générosité. Ces hommes, ces femmes, sans distinction d'ethnie, de confession religieuse ou de couleur de peau, nous les avons à deux reprises invités à se rassembler, à Paris, sur la place Joffre, et leur avons distribué des subsides de première urgence. Nous leur avons fait remplir des formulaires, puis appliquer leur main droite à plat sur une plaque luminescente, leur demandant de saisir de l'autre main, en même temps, une poignée cylindrique.

« Les résultats de ces tests et des questionnaires nous ont permis d'établir une première sélection, non seulement en France mais aussi dans les autres nations libres.

« Le moment est venu de répondre à vos interrogations car nous imaginons combien ces tests ont dû vous intriguer. La ou les crises économiques, les menées subversives de la Narkoum, de l'axe tricéphale Moscou-Tripoli-Téhéran générateur de déstabilisation et d'anarchie, sapent les efforts de l'Occident pour redresser la barre du navire ballotté par la tempête. Les composants de cette Force Noire sont puissants, soutenus de surcroît par les Kannloriens, des humanoïdes sans foi ni loi qui, à long terme, visent à annexer la Terre en grugeant ceux-là même qu'ils aident à préparer le chaos.

« Nous l'avons dit et le maintenons : nous n'entretenons aucun rêve de conquête, ne pactisons avec aucune nation de ce globe mais avons décidé de frapper les criminels, les dictateurs, les super-mafias et les canailles, directement ou indirectement responsables du malheur du plus grand nombre. Nous pourrions, sans effort aucun, débarquer par centaines de milliers sur votre planète et destituer les gouvernements qui témoignent de trop de faiblesse, d'incurie ou de laxisme. Nous ne le ferons pas, car nous pensons — et que Dieu nous entende ! — qu'un sursaut, une prise de conscience, tôt ou tard et le plus vite possible, secoueront la dangereuse apathie des uns et la veulerie des autres. Nous souhaitons du fond du cœur que les hommes libres prennent en main leur propre destin, se dressent contre ceux qui œuvrent à leur perte.

« Ce que nous allons faire, en revanche, c'est sauver ceux qui « touchent le fond », ceux qui ont tout perdu, qui vivent de subsides, d'aides sociales, d'allocations de chômage ou de prestations diverses, louables certes, mais insuffisantes pour leur assurer une vie décente. Nous ne leur promettons pas le pactole, ni la richesse, ni les honneurs, ou autres hochets inutiles, non. Nous allons simplement leur proposer de bâtir un monde nouveau, une société plus juste, plus fraternelle, plus humaine, quelle que soit la couleur de leur peau, qu'ils soient chrétiens, juifs, musulmans, bouddhistes ou de toute autre confession.

« L'Ordre Cosmique des Chevaliers de Lumière, d'ores et déjà, regroupe diverses espèces extra-terrestres originaires de lointains systèmes solaires : Centauriens, ou si vous préférez, des humanoïdes nés sur une planète tournant autour de l'étoile Alpha du Centaure, tel notre Frère Kartz Hoolinngo, Vice-Vénérable Maître Commandeur de notre Ordre... »

Un zoom arrière de la caméra vidéo montra,

debout à côté de Michel Merkavim, le géant commodore du *Nerkal,* impressionnant par sa stature dépassant 2 m 10, sa peau extrêmement claire, nuancée de légers reflets bleutés, sa longue chevelure d'un blanc argent, et ses yeux d'un bleu très pâle où brillait une lueur chaleureuse.

— « ... Tel aussi notre Frère Shorung-N'Taal qui, lui, a vu le jour sur un monde de l'étoile Cassiopée... »

Vêtu d'une tunique verte, le Vahoun s'inclina légèrement devant la caméra, plus étrange encore que le Centaurien, avec son crâne chauve, ses yeux étirés vers les tempes, son nez camus, sa peau bistre, ses lèvres très minces, ses oreilles au large pavillon mobile. Un physique déroutant, mais où n'apparaissait point la caractéristique essentielle des Vahouns : leurs fantastiques pouvoirs mentaux (1).

— « Bien des races réparties en maints systèmes solaires se sont fédérées, unies par des liens fraternels ; de ce *melting pot* est né l'Ordre Cosmique des Chevaliers de Lumière auquel, depuis un certain temps, sont venus s'ajouter des Terriens, hommes et femmes de bonne volonté, qui luttent désormais sous la bannière de l'Ordre pour faire triompher la justice (il ébaucha un sourire), mais dont je ne vous montrerai pas les visages. Un souci de discrétion que vous comprendrez aisément. »

Nouveau zoom arrière de la caméra qui, cette fois, embrassa une zone de pénombre où l'on devinait une dizaine de silhouettes alignées. Celles-ci portèrent leur dextre à leur ceinturon et, aussitôt, chacune fut enveloppée d'un halo de

(1) Cf. Les précédents romans (n° 1, 2, 3 et 4) de la série « *Les Chevaliers de Lumière* », même auteur, même éditeur.

lumière blanche révélant alors des hommes, des femmes étroitement moulés dans un collant noir, la tête emprisonnée sous un casque et le visage caché par une coque plastique sombre striée de fines rainures. Sur leurs hanches, la gaine d'un paralysateur et celle d'un multirays, accrochées à un large ceinturon. Fort épais, celui-ci abritait non seulement le dispositif générateur d'un champ énergétique de protection, qui développait ce « cocon de lumière », mais aussi un compensateur-propulseur gravifique.

— « Le Commando Alpha, qui s'est illustré avec succès dans l'exécution de nombreux coups de main, tant en Europe qu'en Russie. Ses membres, des deux sexes, sont issus de plusieurs pays : France, Japon, Etats-Unis d'Amérique, Union soviétique. »

Chef de ce Commando Alpha, Gilles Novak (dans le « civil » directeur de la revue « L.E.M. », l'étrange et le mystérieux dans le monde... et ailleurs), salua d'une brève inclinaison du buste, imité par les autres Chevaliers et Chevalières ; sa compagne Régine Véran, le peintre Monique Augeix, la Japonaise Hiroko Aïkawa, la biologiste Elishéva Kamenkova, rescapée des goulags, le géomancien-analyste Alain Le Kern, l'hypnotiseur Daniel Huguet, le guérisseur Gérard Ehret, enfin, l'industriel américain Jerry Fowler, délivré des tortionnaires du K.G.B.

La caméra revint cadrer le Vénérable Maître Commandeur :

— « Outre ce commando-leader, beaucoup d'autres sont en activité, composés de sœurs et de frères anglais, allemands, italiens, espagnols, africains, maghrébins, irakiens et même iraniens, tous révoltés par le fanatisme criminel des fanatiques intégristes qui souillent l'Islam ; enfin, tou jours pour la planète Terre, quantité d'autres frères des pays asiatiques ayant fui, au péril de leur vie, l'oppression communiste.

« Mais revenons à tous ceux qui, à deux reprises, répondant à notre appel, se sont rassemblés sur la place Joffre à Paris et ont subi une série de tests. Ceux qui auront reçu un formulaire portant la lettre « A » ont donc été sélectionnés pour bâtir un monde nouveau, retrouver leur dignité d'hommes, de femmes libres, décidés à fonder une société fraternelle. Oh ! point sur la Terre, naturellement, mais sur une planète aussi belle... et sans pollution d'aucune sorte. A ceux-là qui détiennent un formulaire « A », je demande instamment de se rassembler à nouveau sur la place Joffre dans une semaine, le dimanche 15 novembre à partir de 9 heures du matin. Une consigne impérative à respecter : ils ne devront emporter qu'un bagage léger, leurs effets essentiels car, sur la planète « H » — *H* pour *Hope* qui en anglais veut dire « Espoir » — les attend tout ce dont ils auront besoin. Inutile aussi d'emporter de l'argent — s'ils en ont un peu — celui-ci n'aura pas cours à Hope City, la capitale planétaire et unique ville de ce monde. Ces candidats à l'émigration auront pour mission d'en édifier d'autres, de créer des villages et des cités avec l'aide des Chevaliers de Lumière mais aussi avec celle de dizaines de milliers d'hommes, de femmes, venus de tous horizons.

« La semaine dernière, dans la région de Tcheliouskine, à la pointe nord de la presqu'île de Taïmyr, en Union soviétique, nous avons délivré plus d'un millier de *Zeks*, de malheureux prisonniers politiques déportés dans cette zone glaciale, peinant douze à quinze heures par jour à l'édification de bases militaires et enfermés le soir dans un camp à la discipline effroyable. Certains, récemment condamnés par Moscou, étaient des « vétérans de Kaboul » ou *Afghantsy*, qui avaient eu le tort de réprouver l'invasion de l'Afghanistan par leur pays. Un jeune officier soviétique, présentement à bord du *Nerkal*, est soigné après avoir été torturé dans ce goulag.

« Les gardes, miliciens, membres du Comité Directeur et autres bourreaux ont été, cela va de soi, exécutés par nos soins, comme nous l'avons déjà fait pour d'autres camps bolcheviks (1).

« Ces victimes de l'oppression recevront les soins que nécessite leur état lamentable ; après avoir recouvré la santé, en citoyens libres de Hope City, ces hommes, ces femmes, contribueront alors, tout comme vous, à urbaniser la planète « H ».

« Une dernière fois, je répète aux détenteurs du formulaire « A » ces consignes impératives : le dimanche 15 novembre, dès 9 heures du matin, regroupez-vous sur la place Joffre, n'emportez qu'un bagage à main et gardez confiance : sous un nouveau soleil, sur un globe pas tellement différent du vôtre, vous apprendrez à former une société d'amour et de paix d'où la canaille sera bannie. Vers la fin du mois, ce sont les détenteurs des formulaires « B » et « C » que nous inviterons à venir nous rejoindre. »

Michel Merkavim fit une courte pause et poursuivit :

— « Maintenant, c'est aux plus hautes instances de ce pays que je m'adresse, au nom de l'Ordre Cosmique des Chevaliers de Lumière. En ces temps de crise, offrir le salut à des dizaines de

(1) Cf. « *Narkoum : finances rouge* », n° 4 de la série « *Les Chevaliers de Lumière* ».

milliers de sans emploi — et ce n'est qu'un début — assainira les finances du pays qui n'aura plus à leur verser des prestations. Sitôt installés sur la planète « H », ces émigrants feront, par nos soins, parvenir aux caisses d'allocation et administrations concernées, leur lettre de renonciation aux bénéfices desdites allocations.

« Nous prions aussi le gouvernement français de ne point s'opposer à nos plans altruistes, à notre désir de sauver ces hommes, ces femmes, ces enfants de la misère. Aux forces de l'ordre qui ne manqueront pas d'être présentes aux abords de la place Joffre, nous demandons instamment de faciliter notre tâche, de baliser ou clôturer avec des barrières un quadrilatère de cinquante mètres de côté, au milieu de la place ; les candidats à l'émigration se regrouperont autour de ce quadrilatère.

« Nous informerons officiellement de nos projets les autorités, du moins un certain nombre de personnalités de premier plan, afin de leur apporter tous les apaisements souhaitables et qui leur sont légitimement dus.

« Amis français, que la Paix et la Lumière règnent en vos cœurs. Je vous remercie de votre attention... »

Les projecteurs du studio aménagé dans le central des communications s'éteignirent. Michel Merkavim sourit aux membres du Commando Alpha, qui venaient d'interrompre le rayonnement lumineux de leur champ énergétique de protection :

— Un briefing nous attend dans la salle des opérations, sœurs et frères, afin de préparer les diverses phases du rassemblement des candidats à l'émigration fixé à dimanche prochain...

*
**

Une semaine s'était écoulée et le *Nerkal*, auréolé de sa lueur bleuâtre, continuait sa ronde autour du globe.

Présence sécurisante pour les « braves gens », chez lesquels les Chevaliers de Lumière jouissaient d'un extraordinaire prestige, d'une cote d'amour, en raison de leurs spectaculaires actions justicières ; mais présence alarmante pour les forbans de tout acabit sévissant ici-bas ! La formidable puissance de leurs interventions, les châtiments exemplaires qu'ils appliquaient de par le monde aux coupables de crimes, d'injustices, de persécutions, leur valaient autant de sympathie chez les uns que de haine chez les autres. Une haine absolue parmi les tyrans de l'axe Moscou-Tripoli-Téhéran qui, via la Narkoum, société secrète maléfique, pactisaient avec l'empire de Kannlor. Ces humanoïdes, sous couvert de préoccupations économiques, de structures commerciales à implanter dans un avenir indéterminé, briguaient en vérité le contrôle pur et simple de notre planète, bernant, manipulant pour ce faire la Narkoum et les terroristes armés par l'axe tricéphale !

Intrigants et perfides, les Kannloriens, laissant filtrer un affairisme opiniâtre (mais seulement cela !) avaient trouvé des partenaires complaisants auprès d'une certaine classe des Korogz, autre espèce humanoïde à la peau sombre, olivâtre, parvenue à fédérer trois systèmes solaires. Une fédération mineure comparée à celle de Kannlor qui regroupait — après annexion ! — onze cortèges planétaires. Ambitieuse, la tendance korogz, que des intérêts économico-politiques liaient aux précédents, mais contestée par la fraction modérée. Celle-ci, plus clairvoyante, appréhendait l'annexion possible de sa modeste fédération par celle, nettement supérieure en forces, de l'empire de Kannlor.

Milinn-Goué appartenait à ce clan des modérés.

Cette jeune humanoïde à la peau sombre, presque olivâtre, à la bouffante chevelure noire, d'une grande beauté, aurait pu sans difficulté passer pour une Malgache ou une métisse afro-asiatique. Ces caractéristiques morpho-pigmentaires lui avaient permis de s'intégrer sans risque chez les humains, particulièrement en France. Des mois durant, elle avait fait équipe avec son compatriote Ourngo, un Korogz de la fraction dure, et agent des Kannloriens. Les circonstances aidant, elle avait eu le courage de se désolidariser de ses menées criminelles pour, in extremis, se réfugier chez Gilles Novak. Ourngo avait retrouvé sa trace, la blessant grièvement avant d'être abattu par le journaliste (1).

La Korogz remua faiblement, respira un peu plus vite, émergeant progressivement de sa léthargie. Une pression sur son poignet ; était-elle attachée ? Elle ouvrit les yeux, eut un léger tressaillement ; un homme athlétique, blond, en tunique blanche, lui prenait tout simplement le pouls.

— Comment vous sentez-vous ?

Milinn-Goué déglutit, porta la main à son flanc gauche, le palpa avec étonnement et constata alors qu'elle était nue. Sentiment de gêne. L'inconnu étala sur son ventre une serviette pour couvrir son triangle pubien :

(1) Cf. « *La terreur venue du néant* », n° 3 de la série « *Les Chevaliers de Lumière* ».

— Je suis médecin : docteur Hans Werner, Terrien originaire de Berlin. J'appartiens au service hospitalier de ce vaisseau centaurien — le *Nerkal* — armé par les Chevaliers de Lumière.

Pensées encore confuses. Incompréhension. Un médecin en tunique blanche ? Des Chevaliers... de Lumière ? Quels Chevaliers ? Pourquoi se trouvait-elle dévêtue, dans cette sorte de cercueil transparent au couvercle soulevé ? A droite, à gauche, d'autres sarcophages analogues, vides, avec des casques à électrodes, reliées à des tableaux de contrôles muraux. Des murs de métal clair... Un lit d'examens médicaux... Cela ressemblait à un centre de régénération biologique comme en possédaient les Korogz, les Kannloriens et les Vahouns...

Les Vahouns... La coordination de ses pensées n'était pas évidente. Les Vahouns, oui. Ces étranges humanoïdes de Cassiopée, selon la terminologie terrienne, qui se défiaient — avec juste raison — de la tendance dure des Korogz ; les Vahouns, qu'elle avait aidés à déjouer les intentions meurtrières d'Ourngo...

Ourngo ! Ce fanatique à la solde des Kannloriens, qui n'avait pas hésité à tirer sur elle ! Une atroce douleur au côté gauche, affreusement brûlé par le faisceau thermique du fulgurant ! Ourngo, la gorge tranchée par le disc-laser lancé avec adresse par Gilles Novak, qui accourait sitôt après, anxieux de son état. Puis le trou noir, l'oubli de la souffrance, la perte de conscience... Les souvenirs et ses pensées se restructuraient. Elle tourna un peu la tête, vit entrer dans son champ visuel ce Terrien, journaliste, directeur de la revue « L.E.M. ». En tunique blanche, lui aussi.

— Bonjour, Milinn-Goué.

— Elle émerge assez lentement de l'hibernation, Frère Novak.

Il se pencha sur la patiente, lui tapota la main, répéta sa question :

— Comment vous sentez-vous ?

Elle déglutit, la gorge sèche, murmura :

— Bien... maintenant.

La Korogz, de nouveau, glissa la main sous la serviette, palpa son flanc gauche, s'étonna :

— Aucune cicatrice... J'ai dû pourtant subir une sérieuse intervention chirurgicale, docteur... Werner, non ?

— En effet. Le faisceau thermique a causé de graves dégâts dans vos viscères, affectant le pancréas, la rate, le colon, le rein gauche et lésant au passage l'estomac, pour faire bonne mesure ! Avant de vous placer sous hibernation, nous avons prélevé des cellules saines de ces viscères endommagés et les avons cultivées in vitro, afin de procéder ensuite à des homogreffes pour reconstituer ces organes. Je vous fais grâce des détails concernant les multiples sutures, raccordements des veines et artères mésentériques, splénique, hépatique, stomachique et j'en passe.

« Sans la promptitude du Frère Novak et de la Sœur Véran, vous n'auriez pas survécu. Grâce à eux, vous avez été téléportée à bord du *Norkal* et immédiatement prise en main par une équipe de chirurgiens centauriens et vahouns. Mon rôle fut plus modeste : j'ai seulement suivi l'évolution positive de votre état postopératoire durant la période initiale de semi-hypothermie. Ensuite, les rayonnements biorégénérateurs, l'hibernation et la nature, ont fait le reste.

« Bon, dans une demi-heure, vous pourrez vous lever, reprendre une vie normale. J'ai de nombreux patients à visiter. Frère Novak, je te confie notre rescapée. Tu lui feras prendre ce verre, là, sur la console. Cocktail de vitamines et de jus de fruits exotiques. Elle doit boire abondamment. »

Le praticien sorti, le journaliste apporta le breuvage à Milinn-Goué qui, alors seulement, avisa l'étui d'une arme volumineuse sur la hanche droite du Terrien : sans doute un paralysateur. La gaine de cuir sombre fixée au ceinturon laissait dépasser une crosse de métal guilloché.

Un bras passé sous la nuque puis sous les épaules de la jeune femme, Gilles la souleva en partie, approcha le verre de ses lèvres. La Korogz but longuement, jusqu'à la dernière goutte, puis le remercia d'un battement de paupières tout en remettant en place la serviette qui, ayant glissé, découvrait sa pilosité noire lustrée.

— Vous... Tu as été généreux et bon pour moi ; je te suis reconnaissante de m'avoir sauvée... bien que j'ai été pour toi, un temps, ton ennemie.

— Oublie tout cela. Je suis heureux de voir que tu es en pleine forme.

Il rit à son furtif froncement de sourcils, précisa :

— Je ne faisais pas allusion à tes formes... exquises — c'est toi qui me prêtes ce genre de pensées — mais à ta santé. D'ailleurs, je crois te l'avoir dit, à Marseille : Régine et moi sommes naturistes et la nudité ne nous gêne pas le moins du monde.

Elle s'en souvenait... Ne lui avait-il pas également avoué être tous deux échangistes, par surcroît ? Ou bien l'avait-elle imaginé ? Quelle importance ?...

Sur la console, Gilles alla prendre la bouteille de jus de fruits exotiques, l'agita, remplit à nouveau le verre, le lui apporta. Toute pudeur —

tardive — oubliée, Milinn-Goué avait lancé la serviette sur la table d'examen, proche et agrippait les bords du sarcophage, cherchant à s'asseoir. Il l'y aida, la soutenant sous les épaules pour la faire boire ; il s'y prit de façon maladroite et un peu de liquide coulant de la commissure de ses lèvres, tomba sur son pubis.

— Désolé...

D'un geste très naturel, il effaça de l'index les quelques gouttes qui maculaient sa pilosité brune sans avoir, semblait-il, remarqué son frisson, sa peau sombre devenue grummeleuse...

Elle ne fit aucune remarque, questionna :

— Combien de temps suis-je restée dans ce sarcophage ?

— Près d'un mois. Je suis venu plusieurs fois te voir, inconsciente, soumise au rayonnement biorégénérateur. Un champ gravifique faisait léviter ton corps qui tournait très lentement, en état de catalepsie sous hypothermie profonde. J'ai suivi la cicatrisation rapide du champ opératoire, la reconstitution cellulaire de ton épiderme... aujourd'hui sans la moindre trace ni cicatrice, fit-il en promenant le bout de ses doigts sur la chair tiède de son flanc gauche.

Frisson, chair de poule, mais *no comment !* Juste une ébauche de sourire et, dans les yeux, une lueur trouble, vite dissipée par cette question :

— Le Dr Werner, tout à l'heure, a dit que je... que nous nous trouvions à bord d'un vaisseau centaurien... Et les Centauriens sont les ennemis de mes ex-alliés de Kannlor. Il a fait allusion à des... Chevaliers de Lumière. Cette tunique qu'il portait et que tu portes toi-même, est-ce là leur uniforme ? Que sont-ils : une nouvelle fédération interstellaire ? Et tu en fais partie ?

— C'est un peu ça, oui. Pardonne-moi, mais je suis tenu à certaines réserves, à des obligations de discrétion.

Elle hocha la tête, compréhensive :

— Je n'insiste pas. Veux-tu m'aider à sortir de là ?

Il la prit sous les épaules et sous les cuisses, la souleva tandis qu'elle nouait ses bras autour de son cou, profitant de cette position « privilégiée » pour effleurer d'un baiser les lèvres du journaliste :

— Si ce centre d'hibernation et biorégénération est analogue à ceux de nos grands vaisseaux, il doit disposer, sur place, de douches et ensembles sanitaires ?

— Naturellement, fit-il en la transportant jusqu'à une série de cabines.

Remise sur pied, elle agrippa son bras, éprouvant un léger vertige :

— Peux-tu rester près de la cabine ?... Pour le cas où j'aurais un... malaise...

— Bien sûr, mais tu es d'une constitution robuste. Ce petit vertige n'aura pas de suite. Je te laisse un moment, le temps d'aller récupérer tes vêtements.

Elle entra dans le réduit sanitaire-douche et, avant de fermer la porte, lui grimaça un sourire assorti d'un regard éloquent :

— Ne sois pas trop longtemps absent...

Il sortit et, à l'extrémité de la coursive, pénétra dans la cabine de contrôle de l'infirmerie où s'alignaient des moniteurs de télévision, Régine Véran interrompit le circuit intérieur et l'écran qu'elle surveillait s'éteignit. Rayonnante de beauté dans sa tunique blanche, la jeune femme blonde jeta un coup d'œil à une porte restée entrebâillée et leva vers lui un visage mi-sévère, mi-rieur :

— Tu étais parfait dans ton rôle de sauveur aux petits soins, mais était-ce nécessaire de l'avoir embrassée sur la bouche ?

Il prit sa compagne dans ses bras, l'embrassa longuement :

— Cette initiative venait de Milinn-Goué, chérie, pas de moi. Sans cela, t'aurais-je conseillé de suivre, par télévisionneur, les étapes de son réveil, et notre entretien ?

— Gilles-amour, sourit-elle, je reconnais là ton esprit de sacrifice ! Ses affaires sont dans ce sac plastique. Tu peux les lui apporter... et l'aider à s'habiller. Soutiens-la bien, la garce, pour le cas où elle aurait un malaise ! (Elle lui donna un petit baiser, ajouta, railleuse :) Tu agis pour l'intérêt supérieur de l'Ordre, je sais, et je laisserai le télévisionneur hors circuit. Mais sois tout de même prudent : cette humanoïde est dangereuse...

Le journaliste la taquina :

— Et ton « protégé », Boloniev ? Ne pourrait-il pas devenir... dangereux, pour notre couple ?

Elle haussa les épaules :

— Igor ? Il n'a guère plus de vingt ans et tu as vu ses blessures, quand nous avons délivré les Zeks du goulag de Tcheliouskine, la semaine dernière !

— Igor Boloniev n'a séjourné qu'une quinzaine dans ce camp, après son arrestation à Kaboul. Ses chefs l'y ont expédié avec d'autres vétérans — tous très jeunes — et il n'avait pas eu le temps de trop souffrir de malnutrition. J'admets toutefois que les coups de fouet qui lui ont été administrés, la veille de notre intervention, ne l'ont pas arrangé... Néanmoins, à mon tour de te mettre en garde, mon ange.

De nouveau, elle lança un furtif regard vers la porte entrebâillée et s'exclama :

— Serais-tu... jaloux ?

— Un peu, rit-il, mais j'ai confiance en toi.

Régine cligna de l'œil, renvoyant avec ironie :

— Moi aussi... Mais ne fais pas trop attendre la belle Milinn-Goué...

Gilles sorti, elle poussa la porte entrouverte et pénétra dans la chambre individuelle de l'infirmerie réservée au jeune officier russe. A son entrée, le blond Ukrainien, aux yeux gris acier, le torse nu, puissant (conservant des cicatrices de flagellation) sourit à la jeune femme venue s'asseoir au bord du lit. Boloniev lui prit la main, la garda dans la sienne, avoua dans un français laborieux :

— J'ai été indiscret, mais pas le vouloir : tu avoir pas refermé la porte de communication. Ton mari... jaloux... *prématurément*...

Elle voulut retirer sa main mais il raffermit sa pression, la fit se pencher et lui donna un petit baiser sur les lèvres. Régine, de sa main libre, détacha le bras droit trop entreprenant qui enserrait sa taille et reprocha :

— Tu es fou, Igor ! Je ne suis pas libre... et puis, tu n'es pas complètement rétabli ! rappela-t-elle sans trop de conviction, en écartant le drap pour examiner la cicatrice sur son abdomen.

Elle remonta vivement le drap en pouffant afin de cacher ce qu'elle venait de découvrir, démontrant qu'à défaut d'être rétabli, le jeune vétéran de Kaboul était vraiment sur la bonne voie !

*
**

Michel Merkavim interrompit le contact du télévisionneur sur cette image inattendue et, soucieux, consulta du regard la Cassiopéenne N'Loung-Lourha, drapée dans sa tunique verte. Une beauté étrange malgré son crâne chauve, sa peau bistre, ses oreilles au pavillon « anormalement » large — selon les canons de l'esthétique « humaine » — avec ses lèvres ourlées, moins minces que ne l'étaient celles de ses compatriotes mâles.

— Ne crains-tu pas que Régine ne joue avec le feu, ma Sœur ?

— La marge est étroite, parfois, entre le devoir et l'appel des sens, Vénérable Maître Commandeur. Mais Régine est une femme de tête... « un peu sorcière » elle aussi, à l'instar de Gilles qu'elle aime profondément. Laissons-lui les coudées franches : le danger potentiel existe et elle ne l'ignore pas...

*
**

Gilles Novak avait regagné le centre de biorégénération où Milinn-Goué l'attendait, son abondante chevelure « afro » peignée avec soin. Splendidement nue, assise sur la table d'examen, ses jambes pendantes oscillaient avec désinvolture.

— Quel bonheur, cette douche ! Le flacon d'eau de toilette « Madame » de Carven était, je suppose, une délicate attention de ta part ? J'apprécie.

« Régine aussi », songea-t-il, en se gardant toutefois d'exprimer à haute voix cette réflexion un peu cynique ! Il déposa le sac plastique renfermant les effets personnels de la Korogz et la rejoignit, paraissant un peu gauche, emprunté, sans trop savoir que faire de ses mains !

Consciente de son trouble, elle l'attira, noua ses jambes autour de sa taille mais elle fit la grimace : la crosse du paralysateur éraflait sa peau, au creux de la cuisse. Avec une moue de ses lèvres pulpeuses, elle le débarrassa du ceinturon alourdi de la gaine de l'arme et le lança sur le sarcophage, près du sac plastique. Elle accentua son sourire et s'étendit sur la table, offerte dans une position alanguie. Le journaliste caressa son visage à l'émouvante beauté, l'embrassa, effleura doucement sa peau brune, l'aréole violet sombre de ses seins...

Et le temps passa...

Lorsqu'il l'eut aidée — enfin — à s'habiller, la jeune femme, en retour, s'empara du ceinturon, le fixa autour de la taille du journaliste avant de l'enlacer, soucieuse à présent :

— Que vont faire de moi les Chevaliers de Lumière ? Allez-vous me garder prisonnière à bord ?

— La décision ne m'appartient pas, confessa-t-il avec l'ombre d'un regret dans la voix.

Il consulta son chronographe, ajouta :

— Un aviso de reconnaissance part dans un quart d'heure pour la Terre : l'un des nôtres va s'efforcer d'enquêter sur les activités de tes compatriotes, qui doivent posséder plusieurs bases ou appartements-relais, analogues à ceux de Marseille (1). Evidemment, si tu nous donnais une... adresse, cela nous simplifierait les choses. Rassure-toi, il s'agirait uniquement d'exercer une surveillance... à l'encontre des Kannloriens qui manipulent certains de tes compatriotes.

Il déposa un petit baiser sur son nez et enchaîna :

(1) Cf. « *La terreur venue du néant* », op. cit.

— Ce serait beaucoup mieux encore si nous pouvions entrer en contact avec la fraction modérée que tu as ralliée, après t'être désolidarisée d'Ourngo, ce fanatique...

Milinn-Goué demeura pensive, étonnée, ne s'attendant pas à ce genre de proposition, puis elle écrasa ses lèvres sur les siennes avant de répondre, dans un souffle :

— J'appartenais à l'autre fraction, la dure, et je l'ai trahie en me rendant chez toi, ce qui t'a permis de te débarrasser d'Ourngo. Ma vie était en jeu, alors, ce qui n'est plus le cas aujourd'hui. Mais je veux bien te témoigner ma gratitude en fournissant certains renseignements à ce Chevalier de Lumière qui va regagner la Terre. Cela l'aidera, dans ses recherches, sans m'obliger à trahir vraiment.

Gilles Novak donnait l'impression de se débattre dans un dilemme :

— Ton offre est appréciable, Milinn-Goué, mais...

— *Chérie,* fit-elle en laissant ce mot en suspens, ironique.

Voyant qu'il n'avait pas compris, elle précisa :

— Milinn-Goué *chérie...*

Il soupira, préoccupé, sinon culpabilisé :

— Voilà, Milinn-Goué... chérie, je ne suis pas censé t'avoir révélé qu'un agent de notre Ordre Cosmique allait entreprendre une enquête de ce type. Mes chefs pourraient me reprocher de t'avoir livré cette information.

— C'est ridicule, Gilles *chéri,* dans la mesure où c'est moi qui vais, en fait, donner certaines informations devant permettre à ce Chevalier de gagner du temps dans ses recherches.

A contrecœur, il se résigna :

— Soit, j'espère que ce manquement aux règles de prudence n'entraînera pas de regrettables conséquences pour moi. Viens... Nous n'avons plus que quelques minutes, avant le départ de cet agent...

CHAPITRE II

Un ascenseur les déposa au pont inférieur.

Reconnaissant Gilles Novak, le Chevalier en faction manœuvra la commande d'ouverture du panneau d'accès au hangar. Un immense hangar d'appontage où s'alignaient une cinquantaine d'appareils, astronefs lenticulaires de 20 m de diamètre, coiffés d'un dôme transparent et juchés sur leurs étançons d'atterrissage. Sur leur face ventrale, le sigle phosphorescent « C.D.L. », suivi d'un numéro.

Le Terrien et la Korogz s'arrêtèrent devant le C.D.L. 9, sa passerelle d'accès étirée jusqu'au parquet de métal.

— Dépêchons-nous ! fit le journaliste en prenant la main de Milinn-Goué.

Au sommet du plan incliné, dans une coursive épousant la courbure du vaisseau, un portillon galbé, avec une plaque luminescente. Gilles y appliqua sa main à plat. Le portillon coulissa, démasquant la cabine d'un ascenseur, qu'ils empruntèrent. Cinq secondes plus tard, ils pénétraient dans le poste de pilotage.

Aux commandes d'un pupitre en demi-lune, un homme « en civil » tourna la tête, sourit à Gilles. Constatant alors qu'il était accompagné d'une ravissante « métisse », moulée dans une robe safran au décolleté profond, il se leva.

— Le Chevalier... Dupont, le présenta Gilles en usant bien évidemment d'un nom fantaisiste. Et voici Milinn-Goué qui...

— Bienvenue à bord, Milinn-Goué, fit le pseudo-Dupont.

Il allait exécuter le salut rituel de l'Ordre mais le journaliste l'arrêta :

— Milinn-Goué n'est pas des nôtres, Frère. D'origine korogz, elle appartient à la tendance « douce » de ces humanoïdes. Pour nous témoigner sa reconnaissance de l'avoir sauvée, après une grave blessure, elle consent à nous fournir certains renseignements sur ses compatriotes... de la fraction hostile.

— Eh bien, il était temps. La procédure de vérification de la *check-list* est achevée ; je m'apprêtais à décoller.

Son ton avait changé et maintenant, sa physionomie dès l'abord empreinte de sympathie s'était fermée, devenait assez froide.

— Je vous écoute.

La Korogz regarda le journaliste avec une moue attristée :

— Ton ami ne me porte pas dans son cœur...

Elle baissa la tête et se colla à lui, l'étreignit... puis le repoussa avec force, *brandissant le paralysateur que cette ruse lui avait permis d'arracher à la gaine suspendue à son ceinturon !*

Médusés, les deux hommes avaient eu un sursaut mais la Korogz, le masque dur, l'index sur la détente, se recula, ordonna d'une voix sourde :

— Chevalier soi-disant Dupont, mettez-vous aux commandes ! Et toi, Gilles *chéri*, fais de beaux rêves !

Elle pressa la détente ; le flux faiblement lumineux frappa de plein fouet le directeur de « L.E.M. » qui s'effondra tout d'une pièce, conservant sur son visage une expression d'incrédulité totale !

Milinn-Goué se déplaça, s'assit sur la banquette circulaire à gauche du pupitre en demi-lune, veillant bien à demeurer hors du champ du télévisionneur :

— Qu'est-ce que vous attendez, pour quitter le hangar et plonger dans l'espace, Chevalier « Dupont » ou « Durand » ou ce que vous voulez ?

Ayant repris son sang-froid, celui-ci renvoya :

— Et vous, qu'espérez-vous, si je refuse de décoller ? Vous me paralyserez comme cet imprudent qui a succombé à vos charmes ? Bien réels, il me plaît à le reconnaître, railla-t-il en la déshabillant du regard. Vous resteriez bloquée ici et mes frères ne tarderaient pas à s'étonner de l'immobilité persistante de l'aviso.

— Cela retarderait mes espérances de fuite, d'accord, mais votre appareil ne doit pas différer de manière fondamentale de nos propres mini-vaisseaux de reconnaissance. Après quelques tâtonnements, je parviendrai sans doute à le manœuvrer... ou à menacer votre P.C. de le précipiter contre le vantail, quitte à me détruire avec lui ! Que décidez-vous ?

Il eut un haussement d'épaules et avoua sa défaite :

— J'ai horreur qu'on casse le matériel ! C'est d'accord. Cap sur notre... *ma* planète, rectifia-t-il, en mettant en circuit le générateur de champ gravito-magnétique et en établissant le contact avec le P.C.

La Korogz se plaqua le mieux possible contre le dossier de la banquette annulaire et se pencha de côté, sous le bord inférieur du dôme transparent, afin que nul ne puisse apercevoir sa tête si l'appareil devait s'incliner avant de franchir le bief.

A un opérateur en tunique blanche, apparu sur l'écran du télévisionneur, « Dupont » annonça :

— C.D.L. 9, paré à décoller.

L'opérateur vérifia les témoins de contrôle, s'assura qu'aucun Chevalier ou technicien ne se trouvait dans le vaste hangar et il abaissa une manette. Le large panneau extérieur commença à coulisser ; l'air contenu dans le hangar d'appontage fut expulsé avec un bref chuintement. L'aviso, en flottant, s'approcha du bief maintenant ouvert en grand et plongea dans le vide, incliné à 45°. Ses trois occupants ne perdirent pas pour autant l'équilibre, le champ gravito-magnétique entretenait à bord une force de gravité modulable à volonté mais présentement perpendiculaire au plancher.

« Dupont », toujours sous la menace du paralysateur fermement braqué sur lui, questionna :

— Je ne voudrais pas être curieux, mais... où voulez-vous que je vous dépose ? Pas sur la place de la Concorde, votre arrivée y ferait sensation !

— Quelle est l'heure locale, secteur France, en ce moment ?

Il pianota sur les touches de l'ordinateur. Sur l'écran se dessina en pointillés verts la carte de l'Europe avec, à chaque capitale, incrustés, des chiffres rouges à cristaux liquides :

— Trois heures *a.m.* Du matin, si vous préférez.

— Je ne préfère pas, je sais ce que signifient *a.m.*, ou *p.m.!* répliqua-t-elle sèchement. Vous atterrirez sur le vélodrome du bois de Vincennes.

— Ah ! Vous aimez le vélo ? C'est excellent pour la santé, plaisanta-t-il. Si vous êtes libre, un de ces jours, nous pourrions faire une balade. Je louerai un tandem, préparerai un panier de provisions et, des pinces au bas de mon pantalon, en route tous les deux pour les bords de la Marne ! Si vous aimez la pêche, j'emporterai des cannes et... De toute façon, nous pourrons pêcher de bien des manières ! s'esclaffa-t-il avec impertinence.

Les magnifiques yeux noirs de Milinn-Goué le fixaient, courroucés et elle explosa :

— Taisez-vous donc !

Comme un gamin pris en faute, ce singulier Chevalier eut une moue contrite :

— Pigé. Plus un mot. Je la boucle. Mais à part ça, que ferons-nous ensuite, une fois à Vincennes ?

— Vous ferez ce que je vous dirai de faire !

Une intonation ferme qui n'engageait guère à discourir plus avant !

Le Chevalier accéléra, couvrit en quelques minutes les 36 000 km qui séparaient le *Nerkal* de la planète Terre. La jeune femme alla s'asseoir à l'opposé du pilote, suffisamment à l'écart pour éviter de s'exposer à toute agression pendant qu'elle jetterait un coup d'œil à travers le dôme transparent. A cinq mètres de distance, le Terrien bavard ne pouvait donc pas bondir sur elle et la maîtriser, sans recevoir une décharge du paralysateur dès l'esquisse de son premier mouvement.

Milinn-Goué ouvrit son sac, le fouilla sans quitter des yeux le pilote et trouva son poudrier dont elle souleva le couvercle, posa l'objet sur le haut de la banquette annulaire, et orienta le miroir de manière à pouvoir, tout en observant l'extérieur, garder un œil sur « Dupont ».

Ce dernier tendit la main vers une commande et la voix de la Korogz claqua :

— Qu'est-ce que vous faites ?

— Je branche le champ d'invisibilité. Mais si vous préférez que nous arrivions l'aviso tout illuminé, c'est facile...

— Non ! Je ne tiens pas plus que vous à signaler notre arrivée !

Elle fit l'inventaire du contenu de son sac : rien n'avait été prélevé, ni son argent — près de quatre mille francs français — ni son pendentif et sa chaînette, ni sa bague volumineuse ornée d'un signe bizarre. Un bijou qui dissimulait un générateur-laser minuscule, mais redoutable. Elle passa l'anneau à son doigt et jeta un coup d'œil sur Gilles Novak, toujours paralysé, étendu sur le parquet et lui tournant le dos.

— Quelle est la durée d'action de ces paralysateurs ?

— Cela dépend de la butée latérale. Sur quel chiffre est-elle ?

Ses yeux vifs allèrent alternativement de l'arme au pilote, dont elle appréhendait une réaction violente à la moindre perte de vigilance de sa part.

— Sur le chiffre deux.

— Dans ce cas, Gilles est encore H.S. pour trois bonnes heures.

A 200 m d'altitude, l'aviso survolait Paris, cap au sud-est, suivant une trajectoire descendante rapide. L'on commençait à distinguer sur les grandes artères et les quais les phares des véhicules, peu nombreux à cette heure. Même sur le périphérique que le vaisseau domina au niveau du boulevard Poniatowski. Il survola le bois de Vincennes à une centaine de mètres seulement et ralentit, se posa mollement sur l'ovale du stade vélodrome dans l'obscurité.

Milinn-Goué surprit une fugitive mimique railleuse chez le Terrien et l'apostropha :

— Que manigancez-vous ? Pourquoi riez-vous sous cape ?

— Rien, une idée, comme ça. Je me demande simplement comment vous allez sortir du vélodrome. J'imagine qu'il doit être fermé, par un mur circulaire ou des clôtures.

Elle pinça les lèvres, mécontente de son étourderie :

— Redécollez et posez-vous sur l'allée d'accès.

Ce qu'il fit docilement, puis il actionna l'ouverture de l'écoutille cependant que s'abaissait la passerelle :

— Voilà, madame est arrivée. Si madame veut bien, nous pourrions peut-être prendre un soir l'apéritif ensemble, à défaut de faire du vélo ?

Elle eut un rictus silencieux, narquois :

— Je serai assez prise, ces prochains jours. Dommage. Si vous faites aussi bien l'amour que Gilles Novak, vous allez me donner des regrets !

« Dupont », qui visiblement ne dédaignait pas l'humour, affirma :

— Là, je ne peux vous répondre car je n'ai pas pour habitude d'assister à ses ébats avec Régine !

Elle pressa la détente. Le faisceau tétanisant frappa « Dupont » qui bascula de son siège, tomba sur le parquet, rigide comme un mannequin.

— *Ciao !* Dans trois heures, tu pourras bouger, mais je serai loin...

Elle abandonna le paralysateur, trop volumineux pour trouver place dans son sac et franchit l'écoutille, grelottant soudain sous la morsure du froid ! Cette constatation la laissa déroutée : guère plus d'un mois auparavant, elle était à Marseille, en juillet. Or, cette nuit, régnait à Paris une température nullement estivale ! Cela ne collait pas et cette anomalie accentua son inquiétude.

La Korogz observa l'allée déserte, au bas du plan incliné, les frondaisons obscures, à droite et à gauche. Elle hâta le pas le long de la passerelle et se mit à courir en direction de la porte de Charenton où elle trouverait sans difficulté un taxi. Le plan incliné remonta lentement dans son logement et l'aviso redevint invisible.

Tout en courant pour se réchauffer, elle songeait à la tête que feraient ses compatriotes — Harl-Batok en particulier — en la voyant débarquer, en pleine nuit, dans leur appartement-relais de la rue de Charonne, après plus d'un mois d'absence inexpliquée !

Avec quelle maestria n'avait-elle pas berné ce Terrien, Gilles Novak, conquis par sa science d'un art d'aimer — au sens horizontal du terme — nettement plus pragmatique que celui d'Ovide !

Conquis puis grugé de fort belle façon ! Il en aurait pour trois heures au moins avant de pouvoir faire un mouvement !

***

Ce en quoi elle se trompait : sitôt après avoir quitté l'aviso, ses « victimes » paralysées perdaient leur immobilité pour éclater de rire !

— Je commençais à m'ankyloser pour de bon, à jouer les statues, mon vieux Daniel !

Car le pseudo-Dupont n'était autre que l'hypnotiseur Daniel Huguet, l'un des fidèles compagnons du Commando Alpha de Gilles Novak. Celui-ci alla récupérer le paralysateur — bricolé pour n'émettre qu'un innocent rayon lumineux !

— abandonné par la Korogz sur la banquette annulaire.

Un portillon galbé coulissa, livrant passage à Régine Véran. Elle marcha d'un pas ferme qui imprima à ses seins libres sous sa tunique, un léger mouvement de balancement. La jeune femme se campa devant son compagnon, mains sur les hanches, et ne cacha pas son ressentiment :

— Alors, pour berner cette fille, un peu de comédie ne suffisait pas ! Il a fallu que tu ailles jusqu'au... sacrifice suprême ! Ne prétends pas le contraire, je l'ai parfaitement entendue lorsqu'elle a dit que tu...

Il l'attira contre lui, mit un terme à ses reproches par un baiser et rétorqua :

— Tu es trop intelligente, mon ange, pour imaginer une seule seconde que ce... « sacrifice » pouvait être évité. Tu le savais et je t'avais d'ailleurs conseillé de suivre par télévisionneur le réveil de Milinn-Goué, au centre de biorégénération. Il n'y a jamais eu entre toi et moi la moindre cachotterie, et en agissant ainsi, je ne t'ai pas trompée. Cela faisait partie du plan que j'ai conçu pour l'inciter à tenter — et réussir — cette évasion. Les Vahouns l'ont d'ailleurs conditionnée pour ça ! Mais dis-moi franchement ; lorsque nous avons tendu un piège à Milinn-Goué et Ourngo, à Marseille, notre mise en scène consistait bien à jouer les échangistes avec eux, si la chose avait été nécessaire, afin de nous débarrasser du Korogz ? D'accord, il a perdu son sang-froid, tiré sur sa compatriote et j'ai dû l'abattre. Mais si le plan initial avait été appliqué, aurais-tu hésité à faire l'amour avec lui ?...

Elle tergiversa pour la forme et, finalement, lui rendit son baiser :

— Non. Ç'aurait été pour la bonne cause.

Excuse cette scène de jalousie... injustifiée, puisque j'étais au courant de ce qui *pouvait* se passer entre vous deux.

Daniel Huguet, profil bas, traversa le poste de pilotage sur la pointe des pieds, marchant vers la cabine.

— Eh ! Où vas-tu ? s'étonna la jeune femme.

Il s'arrêta, la mine embarrassée :

— Moi, les scènes de ménage, ça me déprime !

— Moi aussi, convint en riant la compagne du journaliste. Tu vois, c'est fini et je dois d'ailleurs reconnaître que la ruse de Gilles a été couronnée de succès, Milinn-Goué est tombée dans le panneau, s'imaginant vous avoir paralysés avant de déguerpir pour rejoindre l'appartement-relais des Korogz installés dans la région parisienne.

« Son évasion d'un cosmonef des Chevaliers de Lumière lui vaudra l'admiration de ses compatriotes... s'ils ne flairent pas là-dessous un traquenard. »

— Effectué par les Vahouns, son conditionnement psychique est inviolable et à aucun moment elle ne pourra trahir ce qu'elle ignore ! rappela le directeur de la revue « L.E.M. ». Elle leur expliquera uniquement ce qu'elle sait : grièvement blessée par Ourngo, transférée à bord du *Nerkal*, elle a subi une délicate intervention chirurgicale, avec des homogreffes multiples à partir de cellules saines prélevées puis cultivées in vitro. Ils la radiographieront et constateront qu'elle n'a pas menti, que ses sutures internes ne se sont pas encore résorbées.

— C'est important, ce détail ?

— Capital, Régine, nous le vérifierons un jour, assura-t-il sans expliciter cette certitude.

Daniel Huguet fit entendre un gloussement de satisfaction :

— Pas de doute, Gilles, tu l'as bien possédée, la Milinn-Goué !

Régine le foudroya du regard :

— Toi, tu emploies parfois des mots malheureux !

— Oh ! Pardon ! fit-il en portant les doigts devant sa bouche, confus de sa bévue. Bon, il est trois heures et demie du matin et je vais roupiller quelques heures. Ce ne serait pas plus mal si vous en faisiez autant, pour être en forme quand nous rejoindrons les frangins. L'aviso est sous champ d'invisibilité et il n'y aura pas de compétitions sur le stade vélodrome, ce dimanche matin. Nous serons donc peinards...

*
**

Le taxi avait laissé Milinn-Goué devant l'église du Bon-Pasteur, rue de Charonne, dans le 20e arrondissement. Depuis plusieurs minutes, c'est en vain que, frissonnante, elle appuyait sur le timbre portant le nom — malgache — de Raharisoa. La porte de l'immeuble finit par s'ouvrir et, bientôt, l'ascenseur la déposa au 10e étage. Appartement N° 3. Un homme d'une trentaine d'années, teint brun olivâtre, grand et mince mais musclé, chevelure noire en « boule » afro, l'attendait sur le seuil, une main dans la poche de sa robe de chambre.

Le Malgache — ou prétendu tel — scrutait le visage de la visiteuse nocturne, détaillait ses traits dont la beauté ne modifiait en rien sa réserve prudente.

— Je suis Milinn-Goué...

— Richard Raharisoa, se présenta-t-il, l'air ennuyé d'avoir été tiré du lit à plus de 3 heures du matin.

— Milinn-Goué, insista-t-elle, s'impatientant. Ça ne vous dit rien ?

Il secoua la tête, buté, mais fronça les sourcils lorsqu'elle abandonna le français pour s'exprimer dans sa langue originelle.

— Je suis frigorifiée ! Ne me laisse donc pas sur le palier ! Tu dois être nouveau, dans l'antenne de nos compatriotes occupant cet appartement-relais ? Tu es seul ? Harl-Batok est sans doute en mission ?

Avec une ultime hésitation, il s'effaça ; d'un pas décidé, elle entra dans le living moderne qui lui était familier : sofa de cuir fauve, table à plateau de verre fumé, bahut clair à étagères supportant des bibelots, un petit bar. A droite, une armoire-bibliothèque.

Après le froid du dehors, la douce température des lieux lui parut suffocante. Elle s'assit sans y avoir été invitée, déposa son sac et perdit patience :

— Je viens de m'évader d'un vaisseau centaurien et tu restes planté là, muet ! J'étais la coéquipière d'Ourngo, à Marseille. Ça te rassure ?

Un déclic avait joué dans la mémoire de son hôte qui eut une brève crispation des mâchoires pour rompre enfin le silence, usant à son tour de leur langue commune :

— On m'a effectivement parlé d'Ourngo... et de sa coéquipière que je n'avais jamais rencontrée, n'étant ici que depuis six mois. Ainsi, tu es parvenue à t'évader d'un astronef centaurien ? Combien de temps t'ont-ils gardée prisonnière ?

— Je n'étais pas exactement prisonnière mais en hibernation et cure de biorégénération. Ourngo m'avait grièvement blessée. J'ai dû rester à bord du *Nerkal* un mois, environ. Peut-être un peu plus.

Il hocha lentement la tête :

— Je vois... Et avant, où étais-tu ?

— Mais... Avec Ourngo, à Marseille.

Un silence pesant s'installa et le pseudo-Richard Raharisoa retira de sa poche un mini-paralysateur qu'il braqua sur la visiteuse :

— Tu parles parfaitement le korogz, mais tu n'es pas Milinn-Goué.

Elle exhala un soupir, excédée :

— Tu es nouveau, dans l'antenne de Paris et tu ne me connais pas, mais si Harl-Batok était là, je t'assure qu'il ne m'aurait pas accueillie avec ce paralysateur, un modèle Grexo que j'ai déjà utilisé. Harl et moi sommes de vieux amis.

Elle dissimula un sourire amusé, avoua :

— Je n'ai pas de raison de te le cacher, nous avons vécu quelque temps ensemble. Une liaison banale, mais tout de même, ça laisse des souvenirs !...

— Il y a combien de temps ?

— Que nous... vivions ensemble ? Cela a duré deux mois, il y a donc quatre mois à peu près. Notre chambre était là, signala-t-elle en désignant une porte, la seconde à droite.

— C'est la mienne, aujourd'hui, fit-il, en remettant le paralysateur dans sa poche et consentant à sourire. Veux-tu que je te prépare un café ?

— Volontiers. Quel est ton nom ?

— Zlenn-Horag. Je ne serai pas long...

Tandis qu'il se rendait à la cuisine, elle quitta le sofa, fit le tour de la pièce, examinant ce décor familier, feuilletant machinalement une pile de revues et journaux qui traînaient sur une table basse. Elle en prit un au hasard. Grande photo à la une : Joseph Trottay, le leader du P.C.F., le Parti Contestataire Français, Georges Kaganski, celui de la C.G.T., la Centrale des Grèves Tournantes et Amédée Letristouni, secrétaire général de la G.D.F., la Gauche Dure de France. Arborant fièrement à leur boutonnière un gros badge rouge orné de la faucille et du marteau, ils défilaient en tête d'une manifestation. Derrière eux, dominant la cohorte, des pancartes et calicots : « *C.D.L. — esclavagiste* », « *C.D.L. vendus au grand capital* », « *Mort aux Rambo du Cosmos* ». Collant de près au trio illustrissime, l'on apercevait trois gros bras, style forts des Halles, casquette de travers, mégot au bec, tenant chacun par sa poignée un volumineux paquet de couches-culottes !

Milinn-Goué se dérida devant ce détail incongru dont la raison d'être lui échappait complètement (1). Zlenn-Horag apporta deux tasses de café fumant, les déposa sur la table basse :

— Les nouvelles d'hier t'amusent à ce point ?

Elle replia le journal, but une gorgée de café avant de répondre :

— Les Terriens — ici, ces Français — sont parfois pour nous déconcertants. Pourquoi manifestent-ils contre ce nouveau film, « les Rambo du Cosmos » ? Et qui sont ces « C.D.L. vendus au grand capital » et « esclavagistes » ?

Le Korogz la contempla un long moment avec perplexité :

— Tu m'as bien dit avoir vécu un mois ou deux avec Harl-Batok, dans cet appartement-relais, il y a environ quatre mois ?

— Oui, mais je ne vois pas le rapport...

Il but à son tour une gorgée du liquide fumant,

(1) Cf. « *Le Pacte de Kannlor* » et « *Narkoum : finances rouges* », op. cit.

reposa la tasse, regarda fixement la jeune femme :

— Harl-Batok a quitté la Terre *il y a près d'un an* et je suis le nouveau chef de l'antenne parisienne...

CHAPITRE III

D'un geste, il lui intima le silence, enchaîna rapidement :

— Tu ne peux être Milinn-Goué, même si tu es une Korogz authentique : celle dont tu usurpes l'identité et son coéquipier Ourngo ont disparu à Marseille, il y a maintenant UN PEU PLUS DE CINQ ANS ! Tu joues parfaitement la comédie, mais tes lacunes sont flagrantes au plan de l'actualité...

— C'est ridicule ! Tu...

— Non, laisse-moi achever. Il n'est probablement pas un Terrien à ignorer que les « Rambo du Cosmos » n'ont rien à voir avec le cinéma ! C'est là le surnom des « C.D.L. », les Chevaliers de Lumière ! Ah... Là, tu parais réagir et je vois que cela te dit quelque chose...

La jeune femme ne l'écoutait plus. Follement inquiète, elle saisit le journal et ses yeux s'agrandirent de stupeur tandis que son visage prenait une curieuse coloration gris souris :

— Samedi 14 *NOVEMBRE 1987 ?*

— Oui, c'est la date d'hier. Nous sommes aujourd'hui à l'aube du dimanche 15 novembre.

Le journal lui échappa et elle cria presque, d'une voix tendue, bouleversée :

— *Cinq ans ?* Ce n'est pas possible... pas possible !

Elle resta prostrée de longues minutes, accablée, puis leva sur son compatriote un visage en plein désarroi :

— Je comprends maintenant ces quiproquos, dans notre conversation, ta méfiance à mon endroit... Je suis effondrée !... En juillet 1982, nul n'avait entendu parler des Chevaliers de Lumière. Nous ne connaissions que les Centauriens et leurs alliés les Vahouns. Du moins le clan Vahounik qui détestait les Kannloriens...

La jeune femme s'humecta les lèvres et poursuivit, perdue dans ses pensées :

— Les Vahouns, ces « maîtres du Temps », habiles à manipuler cette dimension, à chevaucher les lignes temporelles parallèles ! Je réalise, à présent, ce qui est arrivé... Pour le compte des Chevaliers de Lumière, ils ont translaté Gilles Novak dans le passé, en l'année 1982. C'est là que je l'ai rencontré, une heure avant qu'il n'abatte Ourngo décidé à me tuer...

« Ourngo, dévoué aux Kannloriens, trahissait notre cause, nos projets de holding économique. Ce traître a tiré sur moi, me blessant grièvement. Gilles Novak et ces Chevaliers de Lumière, dont nul ne soupçonnait alors l'existence, m'ont téléportée à bord du *Nerkal*... Mais ce, *dans le futur*, c'est-à-dire cinq ans plus tard. Probablement en octobre 1987, puisque je suis restée un mois en hibernation après l'intervention chirurgicale ! »

Le chef d'antenne consentit à sourire, plus détendu :

— Si tu dis vrai — et je suis disposé à le croire — tu ne refuseras pas l'épreuve du métapsychographe, n'est-ce pas ?

— De bonne grâce, oui, j'accepte. Tu as pleinement raison de te montrer circonspect. Je ne veux pas qu'il subsiste entre nous la moindre suspicion, car j'ai la ferme intention de reprendre du service sous tes ordres, Zlenn-Horag.

— Moyennant certaines mises au point, dans un second temps, cela devrait être possible...

Sur la table, il tendit la main vers le bloc de télécommande d'un téléviseur classique, mais la jeune femme le devança, souriante et plus à l'aise. Elle pianota sur les touches selon un code particulier, dirigeant le bloc vers l'armoire-bibliothèque. Le meuble pivota, démasquant l'entrée dérobée d'une pièce insoupçonnable. A gauche, un panneau de commandes, avec une série d'écrans télévisionneurs, une console d'ordinateur. A droite, un divan-lit monoplace. A son chevet, un appareil cubique hérissé de boutons, manettes, voyants de contrôle ; des fils sous gaine le reliaient à une résille tapissée d'électrodes de contact. D'autres électrodes, plus grandes et plates, s'empilaient en grappe sur le plateau supérieur du cube.

Milinn-Goué avait suivi son nouveau chef d'antenne, rasséréné par ce comportement d'habituée des lieux. Il mit l'appareil en circuit, abaissa successivement les clés latérales correspondant à l'ensemble des éléments conducteurs.

— A l'évidence, tu es familiarisée avec cet appartement-relais et je suppose que tu connais aussi ce type de métapsychographe ?

— Il était déjà en fonction à l'époque de Harl-Batok et son maniement ne m'est pas étranger, sourit-elle en dégrafant sa robe tout en se débarrassant de ses chaussures. La résille capte les impulsions psychiques, traduites par des courbes permettant de vérifier en simultané si elles coïncident avec la nature profonde des réponses du sujet.

« Les électrodes corporelles recueillent les microchamps énergétiques induits dans sa physiologie par les émotions. Si, par exemple, le sujet prétend avoir eu très peur ou s'être emporté, et que l'on n'observe aucune trace récurrente de ces émotions au niveau des surrénales, c'est qu'il ment. »

Le Korogz opina, convaincu, tandis que la jeune femme, sans manifester de gêne, ôtait sa robe — elle ne portait pas de soutien-gorge — son slip turquoise et allait les déposer sur le sofa du living. Entièrement nue, elle revint, feignit de n'avoir pas remarqué le regard admirateur, troublé, de son compatriote. Avec la même aisance, elle se coiffa de la résille, appliqua soigneusement les plots métalliques sur son cuir chevelu en dégageant, ici et là, son abondante chevelure d'un noir de jais.

Zlenn-Horag assujettit sous le menton de la patiente la jugulaire de la résille, vérifia que chaque plot métallique brillant adhérait convenablement. Il s'empara ensuite de la grappe d'électrodes plates qu'il fixa l'une après l'autre, à l'aide de rubans adhésifs, à la base du cou, sur les carotides, sous le sein gauche, sur les flancs, sur l'épigastre, et les poignets. Il la fit se retourner et elle perçut un léger bruit de déglutition, hommage involontaire à la splendeur de sa nudité, ce dont elle retirait une certaine fierté. Lorsqu'il eut appliqué d'autres éléments conducteurs sur son dos, elle s'assit avec précaution, à califourchon sur le divan et il l'aida à s'étendre en veillant qu'aucune électrode ne se décolle sous le jeu des muscles.

— Tu peux aussi allonger tes jambes.

— Pas tout de suite, Zlenn-Horag. Au sortir de cette séance d'introspection, je ne voudrais pas que tu me reproches d'avoir délibérément omis de te signaler... des rapports sexuels remontant à moins de deux heures ! Fatalement, j'en ferai état, sous narcose. Il est donc nécessaire que tu m'appliques *aussi* une électrode... interne. Les impulsions orgasmiques récurrentes s'inscriront sur la bande psychographique et prouveront mon entière sincérité.

Il eut une brève hésitation et cacha son embarras en procédant à l'asepsie de la sonde cependant que Milinn-Goué, inexplicablement, éprouvait un sentiment fugace de culpabilité, d'anxiété même. Dans la seconde qui suivit, cette étrange ambivalence s'effaça et elle n'en garda aucun souvenir...

Zlenn-Horag considéra longuement la jeune femme — les yeux clos — dont il venait de recueillir les confidences. Sa respiration reprenait un rythme normal ; son front, son cou et, à un degré moindre, ses seins menus, étaient moites. Le Korogz, avec un kleenex, essuya doucement la fine couche de sueur et prononça d'une voix basse, monocorde, persuasive :

— Tu es calme, apaisée, instruite de tes devoirs envers la juste cause des nôtres sur cette planète. Ce que je vais te révéler induira en toi la détermination de servir avec loyauté en tenant compte de nouveaux paramètres. Ils te sont jusquc-là inconnus, parce que surgis durant ta longue absence. Perçois-tu clairement mes paroles ?

Sa réponse fut un murmure :

— Oui, clairement...

— C'est bien. Tu as été la maîtresse de Harl Batok, mon prédécesseur à cette antenne korogz en France. Contrairement à ce que je t'ai dit, il n'est pas parti en mission, voici un an. Il a été « écarté », en raison de sa méfiance, de son antipathie à l'égard des Kannloriens, sentiments que tu partageais, mais dont tu dois te défaire. Les Kannloriens sont nos amis, nos alliés sincères ; c'était une erreur de penser le contraire et ce serait un crime de persévérer dans cette attitude. En remplacement de Harl-Batok — que je n'ai pas personnellement connu —, j'ai été nommé à la tête de cette antenne. Je suis ton nouveau chef, que tu devras servir avec fidélité, sans réserve mentale, en épousant la juste cause de notre alliance contre les Centauriens en général et les Chevaliers de Lumière en particulier.

« As-tu bien compris, assimilé mes paroles ? »

Bref silence, puis :

— Oui. Je te servirai avec fidélité...

Il posa doucement sa main sur la dextre de la patiente :

— Que sont pour toi les Kannloriens, Milinn-Goué ?

Elle remua légèrement la tête coiffée de la résille, comme pour se défendre d'une fugitive contrariété, s'apaisa :

— Nos alliés... Nos frères d'armes... Leur cause et la nôtre ne font qu'une...

Zlenn-Horag examina avec satisfaction les cadrans de contrôle, les courbes s'inscrivant sur le déroulement du large ruban millimétré : ses suggestions hypnotiques s'imprimaient correctement dans le psychisme de la patiente, modifiant insensiblement le contenu de ses zones mémorielles, restructurant ses « certitudes » anciennes afin de les rendre conformes à ses « certitudes » acquises, revues et corrigées !

Le chef d'antenne reprit, d'un ton monocorde :

— Ton coéquipier Ourngo, fidèle à notre cause, est mort victime du devoir, assassiné par Gilles Novak. Tu étais alors dans l'erreur, obnubilée par des sentiments contraires aux intérêts de notre espèce, mais nous ne t'en tiendrons pas rigueur. Tu sais aujourd'hui que nous œuvrons, aux côtés des Kannloriens, avec la Narkoum, une société secrète composée de Terriens lucides, ennemis de l'Occident manipulé par les Chevaliers de Lumière. L'un de ceux-ci est Gilles Novak qui, profitant lâchement de ton état d'hébétude, à l'issue de ton hibernation, t'a violée ! Tu ne t'es pas donnée à lui, comme tu pourrais le croire, tu as été sa victime. Ne l'oublie jamais et n'oublie pas davantage qu'il est l'assassin de Ourngo. C'est un criminel et, en tant que tel, si les circonstances devaient un jour vous remettre en présence, tu devras t'efforcer de le supprimer, afin de venger ton viol et la mort d'Ourngo.

Sous les paupières closes de la jeune femme sourdaient peu à peu des larmes qui roulaient sur ses joues. Agitées d'un faible tremblement, ses lèvres murmurèrent :

— Je le tuerai, ce Terrien abject qui m'a violée, qui a massacré ce malheureux Ourngo... C'est Harl-Batok, ce traître, qui aurait dû périr à sa place... J'ai honte d'avoir été sa maîtresse...

Il lui tapota la main :

— Tout cela appartient au passé, Milinn-Goué. Ton destin va prendre une orientation nouvelle et tu seras ferme dans ta loyauté. La séance prend fin ; tu vas te réveiller, calme, confiante, heureuse de mener un nouveau combat.

Il la ramena progressivement à la conscience claire et elle ouvrit les yeux alors qu'il la débarrassait de la résille. La jeune femme eut un sanglot convulsif, le vit penché sur elle, essuyant ses larmes et balbutia :

— Comment... comment pourrais-je oublier ? Ce Gilles Novak est un salaud de la pire espèce !

Elle se réfugia dans les bras de son compatriote et pleura, s'épancha, se serra tout contre lui lorsqu'il caressa son visage baigné de pleurs.

— Tout ira bien, désormais. Refoule ces pensées mais garde la haine que tu éprouves à son endroit. Un jour, tu lui feras payer son double crime.

Elle l'étreignit, mordilla ses lèvres, accueillit son baiser...

Et de nouveau, au tréfonds de son psychisme, une ébauche de souvenir confus, de sentiments contradictoires s'alluma, pour s'éteindre aussitôt...

*
**

Ce dimanche 15 novembre allait faire date dans les annales du gouvernement français, et plonger dans l'anxiété les familles et les proches des personnalités directement concernées.

L'on devait en effet constater la disparition pure et simple du Premier ministre, des ministres de l'Intérieur, de la Défense, des Affaires sociales, du Travail, de l'Industrie, des Affaires européennes, des Relations extérieures et des Télécommunications !

Disparus aussi nombre de députés, conseillers et chargés de mission, tous, sans exception, appartenant à la majorité gouvernementale.

Disparu également Zéphyrin Lacombe,

balayeur de son état occupé à remplir son office dans les couloirs de l'Assemblée nationale et dont l'enlèvement n'avait pas été revendiqué !

Non plus d'ailleurs que celui des hautes personnalités précédemment citées.

Ne pas ébruiter l'affaire. Secret défense. Pas un mot à la presse, aux médias. Attendre dans l'angoisse les exigences des ravisseurs et aviser ensuite. Mais alerter la police, les services de renseignements, consigner les militaires dans leurs casernes et cantonnements. Veille d'armes chez les C.R.S., et à la Gendarmerie nationale. Télex en priorité absolue destinés à l'Interpol, aux postes frontières, aux aéroports.

A l'Elysée, les conseillers de la Présidence de la République, réunis en séance extraordinaire, tenaient conseil ce qui, somme toute, était dans leurs attributions ! Inquiets ? Non. Soucieux, flairant dans ces disparitions inexplicables, d'une audace sans précédent, une manœuvre électorale sordide destinée tout simplement, pour les « victimes », à s'offrir un scoop de première grandeur, à faire parler d'elles, à occuper la une de l'actualité. Car bien évidemment, si le silence entourait momentanément cette « forfaiture » — un mot devenu à la mode mais pas toujours à bon escient ! — le black-out, de toute manière, se devrait d'être levé dans les 24 heures.

Sourcils froncés, l'air lugubre, lèvres pincées, le président de la République avait tenu à mener sa propre enquête, à téléphoner personnellement à M. Raymond Barre. Non, tout allait bien, on ne l'avait pas enlevé. A M. Valéry Giscard d'Estaing. Non, il était bien là, à prendre tranquillement son petit déjeuner. A son ami-ennemi — c'était selon ! — Georges Marchais qui, la bouche pleine, apprenant ces rapts odieux, cria « C'est un scandale ! », en se frottant les mains de satisfaction. Idem pour M. Lajoinie qui lui aussi était bien là et même un peu là ! S'il était élu président, aux prochaines élections, (et il avait bien le droit de rêver, non ?) nul doute que de tels agissements facho-capitalistes ne se produiraient point ! M. Krasucki donna une réponse voisine, d'une voix encore frémissante de rage.

— Voyons, mon cher, il ne faut pas vous mettre dans des états pareils, tenta de l'apaiser le président. Il ne s'agit sûrement pas d'un acte de terrorisme et la vie des disparus n'est probablement pas en danger. Calmez-vous.

— Me... me calmer ? Après ce qu'ils m'ont fait ?

— Qui ? M. le Premier ministre ? M. le ministre de l'Intérieur, les députés qui...

— Ça, j'en sais rien, monsieur le président, mais j'ai reçu un cadeau révoltant, scandaleux, méchant ! Oui, très méchant ! Ils ont osé... Osé...

— Osé quoi, mon bon Krasucki ?

— M'offrir une caisse de flacons de brillantine et une brosse à reluire... que j'ai immédiatement expédiées à Giscard d'Estaing !

Le premier magistrat de France accusa le coup, tressautant d'un rire rentré qu'il ne parviendrait pas à contenir longtemps ! Il eut juste loisir de lancer un « Pardonnez-moi, on m'appelle sur l'autre ligne » et coupa la communication pour exploser de rire tout à son aise !

Ses conseillers, devant cette hilarité, durent prendre le relais et appelèrent successivement Joseph Trottay, chef de file du P.C.F., puis Georges Kaganski, secrétaire général de la C.G.T., enfin, Amédée Letristouni, tête pensante — assez peu, prétendaient ses adversaires — de la G.D.F.

Disparus, eux aussi, depuis le milieu de la nuit.

— L'affaire se corse! maugréa le premier conseiller de l'Elysée.

Le sous-conseiller du conseiller adjoint du second conseiller, natif d'Ajaccio et chatouilleux sur ses origines insulaires, le traita moralement de « sale *pinzutu* » (surnom péjoratif des continentaux).

Encore et toujours, le racisme!

En fait, l'affaire ne se corsait pas du tout et les trois derniers « disparus » n'étaient pas loin. A deux kilomètres et demi à peine à vol d'oiseau, depuis quatre heures du matin, ils faisaient du *sit-in* sur la place Joffre, avec deux ou trois mille manifestants du P.C.F., de la C.G.T. et de la G.D.F.! (Ces deux ou trois milliers, dans la presse de gauche, dépasseraient les 100 000!) Chaudement couverts, assis à même le sol de l'immense place, entourés de leurs lieutenants chargés d'une mission de confiance — garder toujours à portée de main leur paquet de couches-culottes — Trottay, Kaganski et Letristouni attendaient de pied ferme (mais de fesses endolories) l'arrivée des candidats à l'émigration convoqués par les Chevaliers de Lumière.

Répartis sur la place, les supporters de la gauche dure occupaient le terrain, bien décidés à refouler avec énergie les jobards qui, répondant à l'appel des sirènes, auraient la candeur de se présenter à partir de 9 heures ce dimanche matin.

Il y avait eu, déjà, quelques bousculades et rebuffades lorsque, à 7 heures, des employés municipaux, des C.R.S. et agents de police, avaient voulu installer des barrières métalliques. Les Cocos (diminutif affectueux des Comités Contestataires) étaient restés obstinément les bras croisés, le derrière au sol, sourds aux injonctions des officiers les sommant de circuler.

Devant leur mauvaise volonté évidente, C.R.S. et agents de police les avaient soulevés par les bras et transportés plus loin pour aller ensuite répéter avec d'autres l'opération « déménagement ». Las ! les « Cocos » évacués revenaient à leur point de départ, échangeant des clins d'œil avec les « camarades » hilares que la maréchaussée transportait à leur tour. Cela faisait un perpétuel va-et-vient d'évacués qui revenaient et croisaient ceux que l'on « déménageait » avant de revenir là où on les avait pris !

Et tout cela dans une pagaille folle, les officiers, complètement dépassés, houspillant leurs hommes qui suaient sang et eau à trimbaler les « Cocos ». En pure perte puisque, sitôt déposés en bordure de la place Joffre, ils rappliquaient, se rasseyaient, entonnaient *l'Internationale*. Quelques-uns d'une voix éraillée car, depuis l'aube et histoire de se réchauffer, leurs Thermos vidés, le rhum et la gnole remplaçaient le café !

Inquiet de ces beuveries, Trottay s'était levé, mécontent, pour haranguer ses troupes :

— Camaraaaaades ! Restez sobres ! Ne donnons pas au grand capital l'image de l'ébriété ! Rangez vos litrons !

Disciplinés, ils obéirent : ceux qui gardaient leur bouteille à droite la rangèrent à gauche et vice versa ! Jojo Trottay se rassit et accepta le gobelet de vodka que lui tendait Kaganski, la main déjà moins ferme qu'elle ne l'était une heure plus tôt... Amédée Letristouni, lui, frileux de nature, après avoir éclusé plusieurs gobelets, se demandait ce qu'il faisait là, oubliant la raison de ce *sit-in* nocturne devenu diurne par la suite ! La bouche pâteuse et l'œil vitreux, il se sentit soulevé par des bras robustes, vit qu'il en allait de même avec ses amis Trottay et Kaganski et ne se fit pas de soucis. On le déposa sur l'avenue de La Motte-Picquet. Il remercia ses porteurs — ne réalisant même pas qu'il s'agissait de C.R.S. —, rota bruyamment et s'éloigna, hébété (ce qui ne le changeait guère) vers l'Ecole Militaire. Ses compères le rattrapèrent, le ramenèrent vers la place Joffre où les va-et-vient continuaient, avec moins de vigueur.

Profitant d'une trouée, les employés municipaux, agents de police et C.R.S. avaient pu amener à pied d'œuvre les barrières métalliques qu'ils se hâtèrent de disposer tant bien que mal, afin de former le quadrilatère réclamé par les Chevaliers de Lumière.

Dès 8 heures, les premiers candidats à l'émigration, détenteurs du formulaire « A », commencèrent à affluer, éberlués de découvrir tous ces gens assis par terre et d'autres que la police évacuait avant de les voir se ré-injecter dans la masse ! Les cars-satellites des diverses chaînes de télévision, les voitures de reportage radio et celles des journalistes encombraient les abords de la place, les avenues qui l'encadraient et jusqu'aux allées du Champ-de-Mars !

Indécis, ces hommes, ces femmes, parfois avec leurs enfants en bas âge, la plupart pauvrement vêtus, restaient à l'écart, n'osant pas se mêler à cette multitude qui maintenant beuglait des slogans, brandissait pancartes et calicots : « Morts aux C.D.L. », « C.D.L. vendus au grand capital », « A bas les esclavagistes », « *Reagan go home* » (on se demandait pourquoi, puisque Ronald et la souriante Nancy y étaient, *at home !*), « A bas le Vatican », « A bas la droite ». Plus grande que les autres, une pancarte proclamait même, sans faire de détail : « A bas tout »...

Plus de *sit-in*, à présent : c'était debout que les trublions accueillaient les candidats répondant à la convocation. Juchés sur des chaises pliantes amenées à cet effet, Joseph Trottay et Georges Kaganski (tenant par le bras un Letristouni oscillant dangereusement) levèrent le poing pour réclamer le silence. A leurs pieds, toujours vigilants, leurs lieutenants veillaient sur les gros paquets de couches-culottes !

Dans un mégaphone, le secrétaire général du P.C.F., entama sa diatribe, avec cette élégance de langage, cette syntaxe brillante, ce style éblouissant qu'on lui connaissait bien.

— Vous tous, messieurs-dames, qui pensiez pouvoir vous rassembler mutuellement ensemble sur la place Joffre, à l'appel de ces bandits du cosmos, c'est à vous que je cause ! Nous sommes été là avant vous, occupant les lieux et les abords voisins environnants, pour vous sauver ! Ouais. Pour vous sauver malgré vous qu'avez tombés dans le panneau, lâchement trompés par les beaux discours des Chevaliers de Lumière qui ne font que de l'ombre... (Rires gras et applaudissements des manifestants à ce trait d'esprit spirituel en diable.) Vous sauver, ouais, parce que ces suppôts du capital, ces agents de l'Amérique, faut pas croire qu'ils soillent disposés à vous donner du boulot, là-haut (il brandissait un index menaçant vers le ciel).

« Ça, c'est du baratin ! Ils ont besoin d'esclaves et vous, pauvres pommes et pommesses — car j'en vois qu'ont emmené leur bourgeoise ! — vous marchâmes... vous marchèrent (il rectifia à temps), vous marchâtes dans leurs mensonges ! C'est un scandale odieusement scandaleux ! »

Amédée Letristouni attira son attention d'un coup de coude et Jojo Trottay lui tendit le mégaphone. Prenant sa respiration, la mine coléreuse, énergique, malgré ses yeux vitreux et ses paupières alourdies par la vodka, le chef bien-aimé de la G.D.F., lança :

— C'est une idio... inogni... ignominie ! Breeeuuuuffff...

Un rot monstrueux que l'on dut entendre jusqu'à l'Elysée !

Kaganski s'empara vivement du mégaphone et en bon comédien enchaîna, pour ne point laisser l'assistance sur cette mauvaise impression :

— Vous avez-t-été trompés, braves gens ! Retournez chez vous ! En dernière minute (il élevait au-dessus de sa tête un petit « transistor »), la radio vient de dire que les Chevaliers de Lumière ne viendraient pas ! Ils ont pas besoin de vous. Compression de personnel. Partez, hâtez-vous en vitesse de filer rapidement ! Le spectacle est terminé !

Il ne faisait pourtant que commencer...

A quatre reprises, une sorte de coup de gong résonna, vibrant tel un bourdon de cathédrale et chaque fois, d'étranges draperies diaphanes, faiblement lumineuses, se dressèrent jusqu'à dix mètres de hauteur sur chacun des côtés de la place Joffre. Cette « clôture » immatérielle laissait à l'extérieur les cordons des forces de l'ordre et les candidats à l'émigration, médusés par ce phénomène qui emprisonnait littéralement les gauchistes, non pas médusés mais inquiets...

Quatre nouveaux coups de gong et à chacun des angles de la place mais à une centaine de mètres de hauteur, apparut un aviso portant sur sa face ventrale le sigle vert phosphorescent : C.D.L., suivi d'un numéro.

Un autre coup de gong et cette fois, un cinquième vaisseau de reconnaissance (le C.D.L. 9 du Commando Alpha de Gilles Novak) se matérialisa à une altitude de 300 m. La voix grave de Michel Merkavim retentit, fortement amplifiée :

— Ici le Vénérable Maître Commandeur des Chevaliers de Lumière. Je m'adresse à vous, amis candidats à l'émigration vers la planète « H ». Le trio Kaganski, Trottay, Letristouni et leurs complices vous ont menti. Inféodés à Moscou, ils n'ont pas intérêt à voir réduire le nombre des demandeurs d'emploi, à laisser, au fil des mois et des années, émigrer des millions d'hommes et de femmes sans travail vers ce monde vierge. L'insécurité, le chômage, la dégradation de la société sont pour le bolchevisme les plus sûrs ferments de sa victoire. Nous ne permettrons pas cette victoire, ni au chaos de s'installer en Occident ou ailleurs.

Trottay postillonna dans le mégaphone :

— Propagande ! Mensonges ! A bas les Cambo du Rombos... Euh... ces Rambo du Cosmos, ces nazis qui veulent vous déporter dans leurs camps de concentration ! Résistez ! Battez-vous ! Votez pour moi !

Kaganski, marri de cet appel non déguisé, à l'approche des élections, et qui, lui aussi, entendait être réélu, s'empara du mégaphone et tonna :

— La C.G.T., ma... *notre* Centrale des Grèves Tournantes qui défend vos intérêts, est la seule organisation à vous dire la vérité vraie ! Votez pour moi ! Et plutôt deux fois qu'une, des fois qu'y aurait ballottage !

Ne voulant pas être en reste, traîtreusement lâché par ses complices qui jouaient les « chacun pour soi », Amédée Letristouni, d'un geste rageur, arracha des mains de Kaganski le mégaphone, perdit l'équilibre et tomba de sa chaise. Une chute malencontreuse, la tête la première dans le large pavillon du mégaphone où elle demeura coincée ! Abandonnant les paquets de couches-culottes, les gros bras vinrent à son secours, tirant à hue et à dia sur ses membres et sur le couvre-chef improvisé qui tint bon !

Négligeant cet intermède en supplément au programme, le Vénérable Maître Commandeur proclama :

— Messieurs les représentants des forces de l'ordre et vous, amis des Chevaliers de Lumière, veuillez vous reculer de quelques mètres. Nous allons faire évacuer les agitateurs isolés par ce champ de force. Après quoi, nous accueillerons les candidats à l'émigration, comme initialement prévu.

Une certaine animation se produisit chez les manifestants « emprisonnés » par la barrière de potentiel.

Soudain, des cinq avisos en plafonnement au point fixe fusa un cône à la luminescence mauve qui « illumina » les Cocos (petit rappel : il s'agit des Comités Contestataires !). L'animation devint tumulte frénétique accompagné de cris, de hurlements, de danse de Saint-Gui sous l'action d'un champ électrocuteur de milliers de volts, fort heureusement sous très faible ampérage. Les cônes lumineux s'interrompirent et la voix de Michel Merkavim annonça (tandis que Trottay continuait de s'agiter malgré l'interruption des décharges !) :

— Simple avant-goût de ce que pourrait être une électrocution à l'ampérage plus élevé ! Nous allons débloquer un seul côté de la barrière de potentiel, celui qui donne sur le Champ-de-Mars.

Le trio des Pieds Nickelés — surnom attribué par l'un de nos Chevaliers français à Joseph Trottay, Kaganski et Letristouni —...

Il dut faire une pause, laisser s'estomper les éclats de rire, avant de poursuivre :

— Le trio des Pieds Nickelés, donc, est fermement invité à déguerpir avec ses complices, à vider les lieux sans retard vers le Champ-de-Mars. Mais attention : interdiction de marcher sur le gazon, les plates-bandes, ou d'abîmer les haies ! Et dans l'éventualité où certains auraient mal compris, ou feraient la sourde oreille, voici un dernier avertissement !

Brève mais efficace, une nouvelle décharge vint appuyer ces paroles et ce fut la débandade, la panique, le déferlement, la vague d'un raz de marée convergeant vers la tour Eiffel après l'interruption de la barrière de potentiel ! Les uns tombaient, se relevaient, retombaient sous la poussée des autres, oubliant tout respect des hiérarchies, bousculant sans vergogne Trottay, Kaganski, Letristouni (toujours avec son couvre-chef improvisé), tous trois à quatre pattes, se faufilant entre les jambes des fuyards, parmi lesquels leurs lieutenants-gros bras étaient déjà loin !

— Mes couches ! Mes couches ! gémissait Kaganski, jetant de fréquents coups d'œil affolés en direction des astronefs lenticulaires.

D'une minute à l'autre, n'allaient-ils pas expulser les redoutables rayons « enfleurs-dilatateurs-laxatifs » dont ils avaient, à diverses reprises, fait la cuisante expérience, tant à Paris qu'à Moscou (1) ?

Chacun finit par trouver son gros paquet,

(1) « *Le Pacte de Kannlor* », « *Narkoum : finances rouges* », op. cit.

écrasé, éventré par la meute en folie. Le trio détala avec des « gesticulations tartarinesques », laissant derrière lui les couches-culottes qui s'échappaient des emballages malmenés !

Fuite peu glorieuse sous les lazzis et les sarcasmes des émigrants en puissance.

Les C.R.S., les agents de police et les renforts de la gendarmerie répartis autour de la place Joffre pleuraient.

De rire...

CHAPITRE IV

A bord de l'aviso C.D.L. 9, l'on avait beaucoup ri aussi en suivant, sur un large écran panoramique et des moniteurs auxiliaires, les scènes cocasses de cette manifestation avortée.

Michel Merkavim, Gilles Novak et son Commando Alpha revêtaient leur tunique blanche (verte pour Shorung-N'Taal, le Vahoun), bouclaient autour de leur taille le large ceinturon et y accrochaient le fourreau du glaive-laser.

Le kabbaliste israélien établit le contact avec le *Nerkal,* en orbite géostationnaire. L'écran cadra l'image du Centaurien Fuungo Shan, second à bord et responsable de l'Action Psychologique :

— L'opération va commencer, Vénérable Maître Commandeur. Le commodore Kartz Hoolinngo dirige la manœuvre de translation ; le bâtiment préfabriqué et son complexe R.F.T. seront mis en place à ton signal.

— Merci, Frère. Terminé, je coupe.

Merkavim, sur son pupitre de commande, connecta les haut-parleurs extérieurs. Sur les flancs de l'aviso, des cônes émergèrent de leur logement et sa voix amplifiée domina les bruits d'ambiance de la foule :

— Votre attention, s'il vous plaît, messieurs

des forces de l'ordre. Momentanément, personne ne doit toucher, ni déplacer les barrières délimitant un carré au milieu de la place Joffre. Un bâtiment préfabriqué va s'y matérialiser pour recevoir les futurs citoyens de la planète « H » détenteurs du formulaire « A ». Leur admission dans les « couloirs » d'accès se fera par groupes de cinquante. Pour éviter les pertes de temps et les tâtonnements, il leur suffira de se conformer à nos instructions.

Un halo bleuâtre naquit au centre du quadrilatère, pulsa et s'éteignit. A sa place se dressait à présent une construction préfabriquée : le complexe R.F.T. ou « Réception-Filtrage-Télétransport », un parallélogramme de 40 m de côté sur 5 de hauteur, doté de fenêtres et de trois portes ouvrant sur un vestibule. A l'extérieur, un pylône supportait, à 20 m du sol, une couronne de projecteurs, présentement éteints. Une hampe le prolongeait, déroulant une bannière au blason de l'Ordre Cosmique, avec en demi-cercle cette inscription en caractères vert phosphorescent : PAX GALACTICA.

Déjà, plus de 5000 personnes, trimbalant petites valises et paquets de faible volume, affluaient autour du quadrilatère, impressionnées par ce tour de passe-passe. Il en arrivait sans cesse ; les forces de l'ordre, appliquant les consignes reçues, ne s'opposaient point à leur rassemblement pacifique. Sur des praticables, disséminés à la périphérie, les cameramen de la télévision panoramiquaient et zoomaient ; un hélicoptère de TF1 faisait un statique au-dessus de l'Ecole Militaire. A son bord, un opérateur filmait pendant qu'un journaliste commentait en direct l'événement. Retransmis par satellite et en mondovision, ce *great event* fascinait assurément plus d'un milliard de téléspectateurs !

L'aviso C.D.L. 9 perdit de l'altitude, se stabilisa à 100 m à la verticale du complexe R.F.T. et un panneau coulissa sur sa face ventrale. Au bord de la soute se tenaient une dizaine d'hommes et de femmes en tunique blanche — un seul en tunique verte —, coiffés d'un heaume de chevalier à fente cruciforme, un glaive au côté.

Soudain, des cris jaillirent de la foule ; le Commando Alpha sautait dans le vide... descendant sans chuter, grâce aux ceinturons dégraviteurs-propulseurs qui les déposèrent en douceur sur le toit de l'édifice temporaire. Là, ils retirèrent leur glaive du fourreau, le portèrent verticalement devant leur casque et d'un ample geste du bras, le rabattirent pointe en bas vers la droite, saluant avec beaucoup de panache les officiers des forces de l'ordre, regroupés devant les trois entrées, en deçà des barrières.

Non sans émotion, les officiers saluèrent en retour, claquant les talons. Un civil se trouvait parmi eux : le commissaire divisionnaire Maurice Lebret, vieil ami de Gilles Novak mais ignorant totalement son appartenance à cet Ordre Cosmique. Lors des précédents rassemblements, il avait été fortement intrigué par l'un de ces Chevaliers. A sa vue, celui-ci avait esquissé très discrètement le signe de reconnaissance en usage dans une certaine société initiatique, philosophique et rituellique, auquel, incrédule, Lebret avait répondu. Quel visage ami pouvait donc se cacher derrière le heaume de cet homme manifestant ainsi sa présence fraternelle ? Et ce matin, était-il là, parmi ces dix personnages ? Pourquoi, seul, l'un d'eux arborait-il une tunique verte ? Etait-ce lui ?

— *Non, ami.*

Cette réponse télépathique, émanant à coup sûr de cet inconnu en tunique verte, lui fit l'effet d'une décharge électrique et le laissa bouleversé. Il y avait donc des télépathes, extra-terrestres à n'en point douter, parmi les Chevaliers de Lumière ! De quel monde lointain pouvaient-ils bien venir ?

— *De la quatrième planète autour de l'étoile que vous, Terriens, appelez Cassiopée... Frère Lebret.*

Ce dernier tressaillit de nouveau et cette exclamation lui échappa :

— Fantastique !

Près de lui, un capitaine C.R.S. approuva, sans toutefois parler de la même chose :

— Pour ça, oui, monsieur le divisionnaire, c'est fantastique !

Un peu plus loin, derrière eux, se produisit un remous et l'un des agents ordonna :

— Eh ! les enfants, allez jouer ailleurs !

Une cinquantaine de scouts et louveteaux en uniforme, guidés par un C.P. (chef de patrouille), s'avançaient d'un pas décidé. Le C.P. rectifia, avec une détermination ferme mais courtoise :

— Nous ne venons pas jouer, monsieur l'agent, mais nous mettre au service des Chevaliers de Lumière pour la journée. Nous l'avons déjà fait, les deux fois précédentes. Soyez assez aimables pour nous laisser passer.

L'indécision de l'agent fut de courte durée. L'un des hommes en tunique blanche avait levé son glaive pour saluer les jeunes gens et le chef de patrouille. Sa voix était intentionnellement déformée par la membrane vibrante de son heaume :

— Bienvenue, jeunes Frères. Nous vous attendions. Salut à toi, chef Pierre Larnac. Je te reconnais. Merci à vous tous de nous faire confiance.

L'adolescent, pénétré de la solennité du moment, salua, le pouce et l'auriculaire repliés, les autres doigts de sa dextre levés :

— Salut à toi, à vous, Chevaliers et Chevalières. Nous sommes à votre disposition. Combien d'émigrants allez-vous embarquer, aujourd'hui ?

Gilles Novak et ses compagnons actionnèrent leur ceinturon dégraviteur et prirent pied sur le sol. Le journaliste échangea avec le C.P. une solide poignée de main :

— Environ neuf mille, Frère Larnac. Toi et tes amis allez nous aider. Otez les barrières métalliques et disposez-les en couloirs, devant les trois portes de ce bâtiment. Ils serviront à canaliser les émigrants. A partir de midi, vous pourrez seconder nos sœurs des œuvres sociales à distribuer des sandwiches et jus de fruits.

Le jeune Pierre Larnac salua et se tourna vers les scouts et louveteaux :

— Au travail, les amis ! Toi, Bruno, remplace-moi une minute, j'ai un coup de fil à donner.

Le commissaire divisionnaire Maurice Lebret, resté jusque-là avec les officiers des forces de l'ordre, s'approcha, les yeux fixés sur cet inconnu mystérieux :

— Pouvez-vous m'accorder quelques minutes d'entretien, en particulier ?

Cela dit en ébauchant discrètement le signe de reconnaissance rituélique déjà échangé avec lui à deux reprises.

Gilles Novak baissa la voix :

— Le lieu et le moment ne s'y prêtent pas. Désolé.

Brève mimique de contrariété du divisionnaire qui finit par hocher la tête :

— Je m'attendais à ce type de réponse..., Chevalier, même si nous appartenons, manifestement, à une société initiatique commune. Je risque une seconde question : dans ses hauts grades, cette société est-elle... liée aux Chevaliers de Lumière ?

— Non, Frère Lebret, même si nos buts convergent vers l'amélioration de l'homme, de sa destiné.

Hésitation, puis :

— Vous... Tu connais mon nom, Frère. Nous sommes-nous déjà rencontrés ?

— Sans doute. Maintenant, veuille m'excuser, mon Frère et que la Force et la Lumière règnent en ton cœur.

Le journaliste allait s'éloigner mais le divisionnaire insista :

— Encore une seconde ! Je comprends ta discrétion et la respecte, mais sache que mes vœux t'accompagnent. Les Chevaliers de Lumière — auxquels je n'ai malheureusement pas la chance d'appartenir —, font un travail remarquable, accomplissent une mission de salubrité publique qui marquera d'une pierre blanche notre époque pourrie ! Transmets mon salut fraternel à tes Sœurs et Frères. Que le Grand Architecte de l'Univers vous garde et vous guide toujours vers la Lumière.

— Je transmettrai ton salut à notre Vénérable Maître Commandeur et à l'ensemble de l'Ordre, Frère Lebret. A bientôt, peut-être...

Depuis les cinq avisos en stationnement fixe au-dessus de la place Joffre, des Chevaliers des deux sexes, équipés de ceinturons dégraviteurs, se lancèrent dans le vide pour se poser — en

« ralenti cinématographique » — devant le complexe R.F.T. Durant cette descente en oblique, leur champ énergétique de protection — développant autour d'eux une aura lumineuse —, avait maintenu leur tunique plaquée au corps.

Gilles s'éleva, se jucha sur le toit du baraquement, bientôt rejoint par un Chevalier et une Chevalière. Le journaliste actionna un bouton sur la volumineuse boucle de son ceinturon et sa voix éclata, amplifiée :

— Futurs citoyens de la planète « H », afin de faciliter notre tâche, vous devez vous plier aux règles suivantes. Tout d'abord, seuls les détenteurs du formulaire « A » seront reçus aujourd'hui, ainsi que nos communiqués le précisaient. Les détenteurs des formulaires « B » et « C » seront convoqués ultérieurement.

D'un geste de la main, il invita la jeune femme à ses côtés à prendre la parole. D'une voix douce malgré l'amplificateur, la Chevalière s'exprima en vietnamien, traduisant les consignes à l'intention des infortunés *boat peoples,* nombreux parmi les candidats rassemblés. Puis vint le tour du troisième Chevalier, Youssef Nourredine, de traduire ces termes en arabe.

Il prit toutefois la précaution d'ajouter, à l'intention de ses coreligionnaires :

— Si certains d'entre vous ont reçu des menaces de la part des fanatiques intégristes, dont les crimes avilissent l'Islam, ils devront le signaler à nos sœurs et frères qui vont les réceptionner ; ces fanatiques, nous nous occuperons de leur avenir en temps et heure !

Gilles Novak reprit :

— Dans la travée de gauche, nous recevrons d'abord les couples, avec ou sans enfants.

Les traductions suivirent, en vietnamien et en arabe.

Sans trop de désordre, sous la houlette vigilante des scouts si dévoués, les colonnes se formèrent entre les barrières métalliques et progressèrent pour pénétrer dans le long bâtiment préfabriqué.

Tel un ludion, un Chevalier s'éleva pour rejoindre Gilles Novak, lui glissa un mot à l'oreille et prit sa place sur le toit tandis que le journaliste descendait, entrait dans le complexe R.F.T. par une petite porte latérale.

Déformé, l'organe de son remplaçant se fit entendre :

— Ne vous bousculez pas, les amis, y en aura pour tout le monde ! Ne confondons pas vitesse et précipitation... Eh ! oh ! les mouflets ! interjeta-t-il à deux gamins qui, dans la première file, se chamaillaient et se tiraient les cheveux. Cessez de vous disputer, sans ça je descends et je vous tonds à ras !

Penauds, les deux enfants se le tinrent pour dit tandis qu'éclataient des rires parmi les adultes, conquis par ce Chevalier au franc-parler émaillé d'humour.

Calmement, de sa voix douce, la jeune Vietnamienne traduisit et ce fut au tour de ses compatriotes de rire. Pour minimiser l'affreuse menace, Daniel Huguet — car c'était lui, bien sûr —, lança aux gamins querelleurs une grosse poignée de bonbons sous papier de couleur :

— Faites passer à vos petits copains, c'est pas tout pour vous !

L'aubaine faillit déclencher une émeute parmi les enfants des autres rangées qui faisaient mine d'escalader les barrières pour bénéficier de la « mane céleste » ! Puis un silence soudain s'établit chez les gosses turbulents : un grand bac plastique transparent, débordant de sacs de bonbons, surgi du néant, virevolta au-dessus de la foule avant de se poser près des trois Chevaliers. Une idée du peintre Monique Augeix, l'achat de ces friandises, téléportées ensuite par les étranges fonctions psi du Vahoun Shorung-N'Taal.

Pierre Larnac donna des consignes. Les louveteaux commencèrent alors une distribution méthodique et non plus « sauvage », se mêlant à la foule et cherchant les enfants qui, déjà, trépignaient, criaient, gesticulaient, mains tendues pour attirer leur attention !

Les familles, en pénétrant dans le long bâtiment, étaient accueillies par de ravissantes jeunes femmes en tunique blanche, visage découvert, débarrassées de leur heaume : Régine Véran et Monique Augeix, deux Vietnamiennes et deux Maghrébines, l'une Tunisienne, l'autre Marocaine, appartenant au Commando « *Chari'a* » de Youssef Nourredine.

A chaque entrée, les membres d'une famille devaient franchir individuellement une sorte de portique brillant. Un étrange voile diaphane scintillait entre ses piliers, provoquant au passage un léger picotement sur tout le corps des personnes qui le traversaient, nantis d'une petite valise ou d'un carton ficelé. Une femme enceinte hésita, accrochée au bras de son mari, mais Régine la rassura :

— Il n'y a aucun danger, ni pour toi ni pour ton bébé. Il s'agit d'un rayonnement aseptique destiné à tuer les microbes dont vous pourriez être porteurs. A votre arrivée sur la planète Hope, vous subirez un traitement complémentaire, pareillement sans danger.

Des Vahouns des deux sexes, en tunique verte, veillaient dans le vestibule, souriant avec amabilité aux nouveaux venus qui, invariablement, les dévisageaient avec une intense surprise, déroutés par leur faciès sensiblement différent de celui des humains. Un examen manquant de discrétion, sans doute, mais compréhensible et dont les Vahouns ne pouvaient s'offusquer.

Jouant les hôtesses, Régine, Monique Augeix et leurs sœurs de l'Ordre Cosmique, à l'entrée, examinaient les formulaires « A », y apposaient un timbre sec à l'aide d'une pince spéciale et les familles se regroupaient au-delà des portiques, prises en charges par d'autres Chevaliers.

Ces derniers, les divers contrôles effectués, les conduisaient vers l'autre extrémité du complexe. Une porte franchie, ils se trouvaient alors en présence d'un étrange décor : au sol, une épaisse plaque métallique brillante d'une quinzaine de mètres de diamètre, dominée par un anneau bleuâtre qui, mystérieusement, demeurait en l'air, sans support apparent, à peu de distance du plafond. Les 50 personnes et leurs enfants admis dans cette pièce étaient invités à prendre place sur cette dalle métallique, avec leurs maigres bagages individuels.

— Restez immobiles, conseillait le Chevalier. Tenez vos enfants près de vous. Si vous le voulez, fermez les yeux, mais il n'y a aucun danger à regarder ce qui va se passer. Un champ d'énergie annulaire va vous envelopper et ce tore à téléportation, en une fraction de seconde, vous... transportera sur la planète Hope, où vous connaîtrez enfin la joie de vivre. Attention ! Contact !

Une Chevalière vahoun, près d'un tableau

mural de commande, abaissa une manette. Le tore dominant la dalle de métal se mit à pulser des franges de lumières diaprées qui descendirent avec une étonnante lenteur. Les enfants les plus jeunes, pleurant ou cachant leur visage contre la poitrine de leurs parents, n'eurent pas à « souffrir » longtemps de cette épreuve qui les affolait. Le champ d'énergie sitôt en contact avec la dalle métallique, le groupe s'effaçait, instantanément téléporté via le *Nerkal* assurant le relais. De cette dématérialisation, du transfert de leurs constituants moléculaires et atomiques à travers le subespace à une vitesse instantanée, et de leur rematérialisation sur la planète Hope, ils ne conserveraient qu'une sensation de vertige fugace n'entraînant pas la moindre séquelle.

Vers midi, près de 3 000 émigrants avaient, de cette manière, quitté la Terre à destination de leur « nouveau monde »... Environ 6 000 demeuraient encore en attente.

Régulièrement, depuis une heure, après chaque translation, le tore bleuâtre matérialisait des bacs plastiques où s'entassaient des sachets contenant un sandwich et un gros « berlingot » de jus de fruit ; bacs immédiatement « lévités » vers l'extérieur par le soin des Vahouns. Sans délai, scouts et louveteaux en assuraient la distribution.

Gilles Novak, derrière son heaume, souriait de contentement : le chef de patrouille Pierre Larnac était arrivé, à 9 heures, avec une cinquantaine de jeunes gens ; or, depuis 11 heures, plusieurs centaines de scouts, louveteaux, guides, éclaireurs et éclaireuses, tous en uniforme, grossissaient ses effectifs ! Le journaliste s'approcha, posa sa main sur l'épaule du chef de patrouille :

— Félicitations pour ton initiative, Frère Larnac.

— Ça n'a pas été facile de trouver, au pied levé, plus de trois cents garçons et filles. J'ai dû, dès 9 heures ce matin, téléphoner aux diverses troupes, aux chefs du scoutisme de la région parisienne. Ils ont annulé leur programme initial pour nous envoyer ces renforts. La prochaine fois, Chevalier, ne pourrais-tu pas nous prévenir quelques jours à l'avance ?

L'adolescent hésita puis retira de sa poche un feuillet de calepin plié en quatre :

— A tout hasard, voici mon adresse, avec le téléphone. Mes parents sont au courant et ravis que nous puissions ainsi vous être utiles. Ils sont là-bas, parmi tous ces gens venus assister à cet événement... extraordinaire.

Il montra le Champ-de-Mars, noir de monde, et ajouta en riant :

— Le seul qui ne soit pas content est mon frère Norbert.

— Pourquoi ? Il désapprouve ?

— Au contraire. Il voulait absolument m'accompagner.

— Il fallait l'amener...

Le C.P. se mit à rire :

— J'ai oublié de te dire que Norbert a cinq ans ! J'aurais dû le surveiller et, tu le vois, j'ai autre chose à faire.

— Et tu le fais bien, Frère Pierre, apprécia Gilles en glissant dans la poche latérale de son ceinturon les coordonnées de l'adolescent. Dans quelques années, j'en suis sûr, les Chevaliers de Lumière te recevront dans notre Ordre Cosmique. Tu feras honneur au Frère Robert Baden-Powell, le fondateur du scoutisme, cette admirable organisation de jeunesse pétrie de loyauté, adhérant aux valeurs spirituelles, œuvrant pour la paix et promouvant l'union des jeunes au plan international, entre autres activités créatrices contribuant au développement de la société.

Emu, l'adolescent osa cette remarque :

— Pour en parler si bien, Chevalier, c'est que tu as été scout toi-même ?

— Je l'ai été.

— Et Baden-Powell, était-il un Chevalier de Lumière ?

— Cette chevalerie cosmique n'existait pas encore, de son temps, mais le général Baden-Powell appartenait à une fraternité initiatique, tout comme son compatriote Rudyard Kipling, auteur de livres et de poèmes célèbres, dont l'inoubliable *Tu seras un homme, mon fils*.

— Ce poème, mon père me l'a offert quand je suis entré au scoutisme. Dans son bureau, à la maison, il a encadré un autre poème de Kipling : *La Loge-Mère*. Je préfère le premier, plus compréhensible pour moi.

— Tu l'apprécieras plus tard, Pierre... *Quand tu seras un homme, mon jeune Frère.*

Une adolescente, en uniforme de guide, s'approcha, un peu timide devant cet inconnu en tunique blanche dont elle devinait le regard derrière la fente cruciforme de son heaume :

— Excusez-moi, Chevalier. Au bout de la seconde rangée, un couple de musulmans vient d'arriver. La dame, enceinte, marche avec difficulté. Vous pourriez peut-être les faire passer avant les autres ?

— Vois, conseilla-t-il. L'une de nos sœurs s'est aperçue de son malaise. Je vais la rejoindre...

Effectivement, une Chevalière en tunique verte — la Vahoun N'Loong-Lourha — se hâtait, soutenait la jeune femme à la grossesse avancée. Son époux — très corpulent, moustachu, en jean et blouson élimé — paraissait soucieux. Le géomancien accourut, les aida à franchir le portique au « voile » scintillant. La Cassiopéenne décréta :

— Cette dame a besoin de se reposer, Frère Alain. Va vite ouvrir la porte de la salle d'attente.

Sans trahir son inquiétude, Le Kern actionna l'ouverture d'un panneau de métal, suivi de près par Gilles Novak. Le pas rapide de ce dernier avait passablement surpris Régine et Monique Augeix, qui canalisaient les émigrants de la colonne de gauche. A l'interrogation muette de sa compagne, le journaliste, de la main, lui fit un geste d'apaisement... que démentait son glaive hors du fourreau ! Au seuil de la salle (fort différente d'une salle d'attente), il resta un instant interdit, à l'instar d'Alain Le Kern, glaive au clair. Les parois de métal rayonnaient une luminescence bleutée. Aucun meuble, siège ou divan, dans cette sorte de caisson dont le panneau blindé se refermait avec un chuintement.

N'Loong-Lourha et son compatriote Shorung-N'Taal — déjà là à son arrivée — fixaient de leur étrange regard le couple de Maghrébins soumis à leur contrôle mental. Trompés par la sollicitude de leur escorte, l'homme et la femme, incapables d'échapper à leur injonction télépathique, écartaient les bras, toute volonté annihilée.

Répondant à un appel psychique, Youssef Nourredine entra en trombe, interloqué devant ses coreligionnaires paralysés, bras en croix ! La femme enceinte, brusquement, cessa de l'être et son époux perdit pareillement quelques kilos ! Leurs vêtements, trop amples, ne correspondaient plus à leur taille véritable. Suite à cet « amaigrissement » subit, les coussins plastiques dont ils s'étaient affublés, sous l'action télékisique des Vahouns, se posèrent dans un angle du caisson de sécurité innocemment baptisé salle d'attente.

Shorung-N'Taal prit la parole :

— Nous avions perçu les ondes d'agressivité de ces prétendus émigrants et sondé leur psychisme. Deux fanatiques intégristes palestiniens, détenteurs de faux passeports algériens. Fanatiques au point de se sacrifier en activant les bombes — extrêmement puissantes — dissimulées dans ces coussins. Ces kamikazes espéraient détruire notre complexe R.F.T., ignorant qu'entre le « R » de Réception et le « T » de Télétransport, le « F » signifiait *Filtrage*.

Youssef Nourredine, indigné, cracha à la face des criminels :

— Ecoutez-moi, chiens ! Imaginer qu'une ruse aussi grossière ait pu échapper aux Chevaliers de Lumière est une double insulte, pour eux et particulièrement pour nos frères vahouns ! Leurs facultés psi avaient décelé vos intentions hostiles, confirmées par l'analyse de ta bedaine, salopard, fit-il en foudroyant du regard le « mari », et toi de ta « grossesse » ! Le portique au champ luminescent, à l'entrée, en plus de sa fonction microbicide, décèle également le contenu des valises, paquets et autres objets. Vous n'aviez aucune chance de réussir.

— Leur seul regret, indiqua N'Loong-Lourha, est d'avoir échoué. La puissance de leurs explosifs était telle qu'ils auraient à la fois détruit ces installations mais fait aussi des milliers de victimes parmi les émigrants et les forces de l'ordre. Le plus sanglant attentat jamais commis par ces Fous d'Allah !

Le chef du Commando « *Chari'a* » menaça le Palestinien :

— Où se cachent tes complices ? Vous devez avoir une planque, à Paris ?...

Shorung-N'Taal relâcha son blocage psychique et le terroriste répondit en arabe, le visage crispé par la haine :

— Mes complices puniront les traîtres de ton espèce, car la main de Dieu les guide !

Nullement affecté par cet anathème, Youssef poursuivit l'interrogatoire :

— Dans votre tanière, combien êtes-vous ?

Ce fut la femme qui, fulminant de colère, lança :

— Nos frères sont suffisamment nombreux pour tenter — et réussir, cette fois — des attentats particulièrement sanglants !

— A quelle heure deviez-vous activer vos explosifs ?

Silence...

— Dans votre nid de rats, où cachez-vous les armes et les bombes ?

Mutisme obstiné des deux complices. Curieusement, cela ne paraissait pas contrarier outre mesure le Frère Nourredine qui s'informa :

— Quels sont vos prochains objectifs ?

Pas de réponse...

Le Cassiopéen, Shorung-N'Taal, en revanche, se montra fort satisfait :

— Merci, Frère Youssef. Tes questions n'ont pas eu de succès, mais elles ont provoqué des images mentales, des réponses informulées chez ces criminels et nous savons désormais ce que nous désirions savoir. Leur « résidence » est un pavillon de banlieue, en piteux état pour ne pas éveiller l'attention du voisinage modeste, près de Gennevilliers. Il abrite une dizaine de terroristes, dont trois femmes ; tous ont déjà commis divers attentats, au Liban. Et ces deux-là, voilà trois jours, ont assassiné un homme et son épouse que nous avions recensés, lors du précédent rassemblement. Ils leur ont dérobé leurs formulaires « A » et les faussaires de la Narkoum leur ont fabriqué des passeports aux noms de leurs victimes, espérant ainsi mieux nous tromper.

N'Loong-Lourha compléta :

— L'heure de l'attentat projeté, aujourd'hui, avait été laissée au libre choix de ces porteurs de bombes. Ils devaient agir en fonction des circonstances. Ta dernière question, Frère Nourredine, concernait leurs prochains objectifs. Là, encore, ce couple devait supprimer deux employés d'une entreprise de nettoyage et le matin, de très bonne heure, se mêler à ces employés travaillant à la « Samaritaine ». Télécommandées, leurs bombes devaient, aux heures d'affluence et à l'approche de Noël, exploser aux rayons des jouets ! Des attentats analogues visaient les « Galeries Lafayette », le magasin « Trois Quartiers », le « Bazar de l'Hôtel de Ville », de grands restaurants... et Notre-Dame de Paris, lors de la messe de minuit !

Elle fit une courte pause, parut « écouter » et ajouta :

— L'homme vient de penser à une vieille maisonnette, toujours à Gennevilliers... à proximité du Port de Paris et de la cache précédente. Une innocente maisonnette où habitent trois faux ouvriers des usines Renault : ce sont des trafiquants de drogue. Leur stock est considérable, régulièrement renouvelé par Tripoli et Téhéran via la Narkoum. Ils approvisionnent les principaux pourvoyeurs « grossistes » et les *dealers*.

Gilles Novak consulta son chronographe et décida :

— Aujourd'hui, pas le temps de déjeuner, sinon d'un sandwich. Je vais alerter Kartz Hoolinngo, afin de renforcer nos effectifs pour continuer le transfert des émigrants. Toi, Frère Youssef, réunit ton Commando « *Chari'a* ». Nous partons en... visites dominicales, et emmenons avec nous ce couple de Palestiniens !

⁂

Les deux vaisseaux en état d'invisibilité, à 14 heures, se posaient dans la cour d'un entrepôt vétuste, à mi-chemin de Gennevilliers et de Villeneuve-la-Garenne. L'arrière du pavillon, tout aussi vétuste, donnait sur cet entrepôt désert.

Gilles Novak et ses compagnons avaient troqué leur tunique blanche contre une combinaison noire, collante, et recouvert leur visage d'une coque plastique polarisée. L'armement individuel se composait d'un multirays, d'un paralysateur et d'un poignard, la gaine fixée à leur mollet droit.

Le commando de Youssef Nourredine portait le même équipement.

Sous la domination psychique des Vahouns, les deux Palestiniens contournèrent le pavillon, grimpèrent les trois marches de sa façade tandis que Gilles, Régine, Monique Augeix se dissimulaient à droite ; Daniel Huguet, Alain Le Kern et Gérard Ehret se plaquaient contre le mur, à gauche, Shorung-N'Taal demeurait caché, en retrait du porche. Il lança un ordre mental et le Palestinien appuya sur le timbre : deux coups brefs, deux coups plus longs, un coup bref.

Des pas, et la porte s'ouvrit sur un Arabe en

jean et pull-over à col roulé, la main droite dans son dos. Il reconnut le couple, s'étonna, le fit entrer... et resta dos au mur, paralysé, muet. Le couple en fit autant, retombé au pouvoir du Vahoun.

Des bruits de couverts parvenaient d'une pièce voisine. Gilles Novak repoussa la porte avec fracas, bondit dans la salle à manger où déjeunaient trois femmes et six hommes, sidérés par cette intrusion. Deux d'entre eux se levèrent mais ils n'eurent pas le loisir de saisir leur pistolet glissé à la ceinture. Le plat de fonte, avec un restant de ragoût de mouton, voltigea, « sautant » littéralement sur eux et ils hurlèrent, la mâchoire fracassée, tombant à la renverse, leur chemise souillée de sauce ! Les filles criaient comme des hystériques ; deux des terroristes, jouant leur va-tout, tentèrent de saisir leur arme, en vain. Celles-ci voltigèrent dans la salle à manger avant d'aller percuter le plexus des tueurs qui se plièrent en deux, le souffle coupé.

Un coup de botte en pleine face suffit pour les remettre à la verticale, mais cette position, ils ne la conservèrent pas longtemps et s'affaissèrent, le nez en sang.

Pratique, Daniel Huguet faisait la cueillette des pistolets et revolvers, les plaçant dans une sacoche de cuir suspendue à son épaule !

Youssef Nourredine et deux frères de son commando musulman firent leur jonction, après avoir forcé la porte arrière du pavillon. Ils avaient eu le temps de capturer un veilleur, posté dans une chambre mansardée afin de surveiller les abords de la maisonnette.

Les deux hommes tachés de sauce, geignant, la mâchoire disloquée, tentaient péniblement de se relever.

— Vous fatiguez pas à vous remettre sur vos cannes. On peut aussi bien vous cogner par terre ! Ça vous évitera de retomber de haut ! Bon, je vois que vous comprenez le français, railla Daniel alors qu'ils se « répandaient » en gémissant sur le carrelage.

— Qui est le chef ? interrogea Nourredine.

L'un des blessés remua sa mâchoire en sang mais ne put qu'émettre un geignement.

Youssef s'en désintéressa et poursuivit, en parcourant des yeux les trois femmes et leurs complices plus ou moins valides :

— Qui est le trésorier du groupe et où cachez-vous l'argent qui finance vos attentats ?

L'une des filles, les yeux à demi fermés, folle de rage, lui cracha au visage, plus exactement sur la coque noire dissimulant ses traits. Nourredine s'empara d'une serviette, essuya la coque et de son poing ganté lui décocha un direct foudroyant qui l'envoya au sol. Il la releva, l'empoigna par le cou et la jambe, la jeta sur la table encombrée des couverts, assiettes, verres, qui se brisèrent. La maintenant d'une main, il vociféra, hors de lui :

— Je suis musulman, comme toi, mais je n'appartiens pas aux « Fous de Dieu », ces malades du Jihad fanatisés par Khomeiny et Kadhafi ! J'ai été prisonnier, torturé par ces canailles et délivré in extremis par mes frères les Chevaliers de Lumière (1). Malheureusement, ma jeune sœur avait été violée, étranglée la veille. Cela pour te faire comprendre que je ne m'embarrasserai pas de scrupules avec des fumiers de votre espèce.

« En ce moment même, votre arsenal, votre

(1) « *Le Pacte de Kannlor* », n° 2 Série « *Les Chevaliers de Lumière* », même auteur, même collection.

réserve d'explosifs sont évacués de la cave de ce pavillon, pour être chargés à bord de nos vaisseaux, là, invisibles dans la cour. Ta réaction, à ma question « qui est le trésorier du groupe », m'incite à penser que tu dois tenir ce rôle... »

Shorung-N'Taal rompit le silence :

— Tu as vu juste, Frère Youssef. Cette femme, sans s'en douter, nous a renseignés en *pensant* à la cache...

Il se dirigea vers la cuisine, souleva le couvercle du congélateur, en retira six boîtes de glaces à la vanille, d'une capacité d'un litre et demi, qu'il rapporta dans la salle à manger. Chacune contenait, à ras bord, des coupures de 500 F et l'une, des billets de 1 000 $ U.S., de 100 et 500 F suisses.

— Nos œuvres sociales en feront bon usage et cette prise de guerre aidera bien des malheureux.

— Allez, la racaille, en route, décréta Gilles Novak.

Consternés, frappés de stupeur par les « tours de magie » auxquels ils avaient assisté, les Palestiniens n'affichaient plus leur morgue haineuse. Ils obéirent et se hâtèrent vers la sortie, les deux à la mâchoire fracassée titubant, grimaçant de souffrance.

Alain Le Kern ironisa, prenant l'hypnotiseur à témoin :

— Il se trouvera toujours des crétins pour s'apitoyer sur le sort de ces tueurs que nous avons — à peine — malmenés.

Sentencieux, Daniel rectifia :

— Pas des crétins, mon frère. Des connards. C'est pire !

CHAPITRE V

Les trois « ouvriers » de la Régie Renault n'avaient pas dû souvent se plaindre des « cadences infernales », ni user beaucoup de chiffons à s'essuyer les doigts maculés de cambouis !

Levées au-dessus de leur tête, leurs mains étaient propres et nettes, soignées, sans trace de cal. Ils roulaient des yeux exorbités sur ces hommes et ces femmes en collant sombre, qui braquaient sur eux de drôles de pistolets, bien différents des leurs... malencontreusement laissés dans le tiroir de la table de la cuisine !

Ils sursautèrent violemment en voyant — comme par hasard — ce tiroir s'ouvrir tout seul et les automatiques voltiger pour venir ensuite percuter leur joue droite. Couinant comme des gorets et négligeant de tendre la gauche (ils étaient pardonnables, n'étant pas des chrétiens !), ladite joue épargnée reçut équitablement la même offrande. Quant aux pistolets, mission accomplie, ils disparurent « par magie » !

La sacoche de Daniel Huguet s'alourdit un peu plus et il fit un clin d'œil au Vahoun, qui répondit à sa pensée :

— Il n'y a pas de quoi, mon Frère.

La tête carillonnante, les joues balafrées, titubants, les malfrats protestaient de leur innocence, bouleversants de sincérité !

Youssef Nourredine, visage découvert, examina leurs traits, leur mise soignée, chemise blanche ou beige à rayures, pantalon de flanelle, chaussons fourrés, robe de chambre de qualité. Vertueux, blancs comme la « neige » (ou la schnouf, selon la terminologie), ils larmoyaient contre cette injustice :

— Nous, on a rien fait !

— On est des ouvriers ! On bosse à la Régie Renault !

— Le dimanche, on regarde un match à la télé, sans embêter personne !

Sur la table, un coffret à cigares « Pléiades » : de gros « Aldébaran », qui amenèrent cette réflexion, chez Gilles Novak :

— Ces messieurs ont du goût... et des moyens. Des cigares haut de gamme, roulés à la main à Santiago de Los Caballeros, en République dominicaine ! Pour de modestes et honnêtes travailleurs à la chaîne chez Renault, c'est plutôt inattendu...

L'un des « honnêtes travailleurs », collier de barbe soigneusement taillée, bredouilla :

— Nous... nous avons reçu une prime... de fin d'année et on... s'est payé ces cigares.

— Ben voyons, fit Alain, compréhensif, en débloquant la coque plastique faciale pour planter un « Aldébaran » entre ses dents, après l'avoir savamment « décapité » avec le coupe-cigare posé près du coffret.

Il l'alluma longuement, en amateur avisé, attendit que son bout ait atteint une incandescence convenable et commença à aspirer la fumée à petits coups, sans l'inhaler.

— Fameux, apprécia-t-il avant de questionner

leurs « hôtes ». Alors, vous avez reçu une prime de fin d'année ? En novembre ? Vous l'avez bien cachée, au moins ? Dame, si des cambrioleurs s'introduisaient chez vous, ils pourraient vous la piquer. Rude perte, pour de braves types comme vous...

Négligemment, le géomancien-analyste fit circuler le coffret de cèdre, distribuant les cigares à ses amis, puis secoua la tête, contrarié :

— C'est bête. Il n'y en a plus. Et ce sont justement mes amis *très* amateurs de bonnes choses qui n'ont pas été servis. Je crains qu'ils ne se mettent en colère. N'auriez-vous pas un second coffret ? Daniel, veux-tu aller voir à la cave ?

Le barbu eut du mal à déglutir, le front légèrement emperlé de sueur :

— Non... Pas à la cave. Je crois... je crois qu'il nous reste ici une boîte de « Perséus »... euh... plus légers.

— *Dans le buffet, à droite...*

L'indication télépathique du Vahoun détermina Gilles Novak à ouvrir le meuble, à saisir sans chercher le second coffret de cèdre :

— Mes préférés ! Merci. Bon, je vois que vous êtes pleins de prévenances et peut-être n'aurons-nous pas besoin de nous fâcher...

Il parut réfléchir, fit quelques pas tandis que Gérard Ehret, monté à l'étage sur le conseil télépathique de Shorung-N'Taal, redescendait avec une lourde valise, qu'il déposa sur la table. Avec un calme et une voix paisible qui donnèrent froid dans le dos aux trois hommes pourtant en sueur, Youssef Nourredine questionna :

— Vous n'êtes pas des Palestiniens mais des Algériens, je crois. Je suis moi-même natif de Bône. il y a combien d'argent, dans cette valise ?

Les trois individus échangèrent des regards désemparés et le barbu bégaya :

— Je... Nous ne savons pas... C'est... Oui, c'est un coreligionnaire qui nous l'a laissée, avant de partir en voyage pour une semaine.

— *Cinq millions de nouveaux francs, en coupures de cinq cents francs...*

Gilles opina à l'information télépathique du Vahoun :

— Une aumône, comparativement aux deux tonnes de drogue raffinée cachées dans la cave.

Il remua ses narines, huma l'air et s'étonna :

— Vous ne sentez pas la fumée ?

— Nos cigares, sans doute, fit Daniel en revenant dans la pièce, après une éclipse de quelques minutes.

— Où étais-tu passé ?

— Je faisais un tour à la cave. Pas de cigares. Tu sais combien je suis maladroit, Gilles ; figure-toi qu'en bas de l'escalier, j'ai malencontreusement renversé un premier jerrican d'essence. En voulant le rattraper, j'en ai foutu un second par terre et tu ne vas pas me croire : ils n'étaient pas bouchés !

— Pas possible ! s'exclama le journaliste, avec une mimique débile.

— Et comme une maladresse en entraîne une autre, voilà-t-y pas que je laisse tomber mon cigare ?

— Allumé ?

— Allumé, mon pote. Si tu voyais comme ça crame bien, la schnouff !

Alain se composa une mine tout autant débile pour enchaîner :

— Mais alors, la maison va brûler ?

— Ça commence déjà.

Affolés, les trois « grossistes » virent effectivement de la fumée se répandre dans le couloir, envahir peu à peu le rez-de-chaussée et ils se ruèrent vers la porte puis hurlèrent comme des damnés en se sentant soulevés... *par rien!* Ce « rien » les transporta jusqu'à la cave transformée en brasier où le « rien » les projeta. Leurs cris redoublèrent quand ils retombèrent sur le sol ; leurs cheveux, leur robe de chambre, leur chemise en nylon s'embrasèrent et l'un d'eux resta affalé, assommé, dévoré par les flammes. Les deux autres, transformés en torches vivantes, tentèrent de grimper les marches de pierre, mais une poussée exercée par « rien » les renvoya dans la fournaise et Gilles Novak referma la porte à clé.

— Dommage. Une mort bien trop douce pour de telles ordures !

Il porta à ses lèvres son bracelet émetteur-récepteur :

— Frère Fuungo Shan ? Me reçois-tu ?

— Cinq sur cinq, Frère Novak. Excellent travail. Toute la séquence a été filmée, en évitant de vous cadrer dans le champ lorsque vous avez débloqué votre coque faciale. Vous demeurerez donc anonymes. Même chose pour la première opération, chez les Palestiniens dont vous vous êtes servis pour investir plus facilement cette maison ravagée par un incendie.

— Parfait. Nous décrochons, car nous avons encore quelques visites... dominicales à effectuer.

— Bonne chasse, Frère Gilles. Terminé. Je coupe...

Shorung-N'Taal ricana :

— Il aurait dû plutôt nous souhaiter bonne *pêche...*

***

Effectivement, le verbe pêcher définissait mieux cette nouvelle opération.

La moisson de renseignements puisés dans le psychisme des trois trafiquants par Shorung-N'Taal et N'Loong-Lourha se révélait immédiatement exploitable.

Les Vahouns ayant localisé leurs cibles savaient donc exactement où les « pêcher » !

Protégés par leur champ d'invisibilité, les deux avisos survolaient très lentement la rue Saint-Denis, à seulement 50 m de hauteur. Vitrines de sex-shops, de cabarets, de bars brillamment éclairées ; interminable défilé de prostituées et travestis que négligeaient les Chevaliers de Lumière. De temps à autre, l'un des Vahouns opinait, silencieux, et l'on voyait alors, comme par enchantement, une fenêtre ou une porte s'ouvrir, dans la rue ; un, parfois deux ou trois hommes, en complet veston ou en bras de chemise, criant de frayeur, se débattaient contre d'invisibles agresseurs qui les emportaient dans les airs où ils s'évaporaient, disparaissaient. Passez muscade ! Et chaque fois, la soute des vaisseaux indécelables s'enrichissait d'un ou plusieurs « invités » !

D'autres rues « chaudes », en d'autres quartiers hantés par les *dealers*, ces marchands de mort lente, ne furent pas oubliées. Les Cassiopéens « pêchaient » ici et là des trafiquants, des proxénètes et des truands au passé aussi chargé que la langue d'un ivrogne au dernier stade de sa cirrhose !

Miraculeusement, une aubaine se présenta : deux couples de « touristes » iraniens en goguette, hésitaient à céder à la tentation d'un spectacle théâtral. « Le plus osé de Paris », affir-

JIMMY GUIEU

présente

LES MAÎTRES FRANÇAIS DE LA S.-F.

UN FUTUR POUR Mr SMITH

Richard-Bessière

mait l'affiche et confirmait le bonimenteur en casquette et long manteau rouge, l'œil égrillard.

« On » décida pour eux et les deux couples, le souffle coupé puis beuglant d'épouvante, s'élevèrent sous les yeux des passants, gesticulant puis s'évaporant à une quinzaine de mètres au-dessus des toits !

Un minet gominé, ondulant de la croupe, battit des prunelles et cria avec des trémolos de diva en pâmoison :

— Mais c'est positivement affreux ! Où sont donc passés ces beaux jeunes hommes ?

La disparition simultanée de leurs compagnes l'affectait beaucoup moins...

*
**

Vers 19 heures, les deux avisos regagnèrent la place Joffre, éclairée à giorno par la couronne de projecteurs au sommet du pylône où flottait la bannière de l'Ordre Cosmique. A cette heure, la majorité des émigrants avait été translaté sur la planète Hope. Les badauds commençaient à s'éparpiller, rentrant chez eux. Seuls les cameramen et reporters demeuraient fidèles au poste, suivant le retour des vaisseaux entourés d'un champ d'ionisation vert pâle. Des Chevaliers armés d'un glaive-laser accouraient, se déployaient au pied des passerelles qui s'abaissaient, touchaient le sol.

Les représentants des médias marquèrent un instant de surprise : ce n'étaient point des « Rambo du Cosmos » qui descendaient de ces passerelles, mais des hommes, des femmes en « civil », certains en bras de chemise, le visage tuméfié, clignant des yeux sous l'éclat des flashes ! Une quarantaine d'individus qui furent poussés vers un espace libre, entassés les uns contre les autres. Un cylindre de lumière né du néant les enserra, tel des cornichons dans un bocal !

Gilles Novak et son Commando Alpha, Youssef Nourredine et son Commando « *Chari'a* » descendirent à leur tour, bientôt rejoints par Michel Merkavim, accompagné d'un géant de 2 m 10 qui stupéfia les journalistes. Lui seul se présentait à visage découvert, la peau très claire, de longs cheveux blond cendré, sa taille exceptionnelle excluant qu'il pût, en toute tranquillité, passer inaperçu parmi les Terriens au cours d'une mission !

Escorté d'un opérateur avec sa caméra vidéo, un journaliste de TF1 s'approchait, tendant son micro vers le géant centaurien :

— Monsieur... Euh... Chevalier, voulez-vous vous présenter et nous dire qui sont ces... gens, enfermés dans cette sorte de cylindre translucide ?

L'interviewé sourit, renseigna sans difficulté ce Terrien :

— Mon nom centaurien est Kartz Hoolinngo, commodore du *Nerkal,* le vaisseau en orbite géostationnaire qui intrigue tant vos compatriotes. Je suis aussi le Vice-Vénérable Maître Commandeur de l'Ordre Cosmique des Chevaliers de Lumière... dont voici le chef suprême, le Vénérable Maître Commandeur, fit-il en désignant le kabbaliste israélien dont il s'abstint évidemment de révéler l'identité.

Le reporter tendit son micro :

— Vénérable Maître Commandeur... ?

Phrase interrogatrice laissée en suspens pour inciter l'intéressé à se présenter, ce qu'il fit avec le plus parfait sérieux :

— Oscar-Zébulon de la Pinardière...

Le journaliste tiqua, puis réalisa qu'un nom et un titre de noblesse aussi fantaisistes ne pouvaient être qu'une plaisanterie.

— Je suis certain que nos télespectateurs apprécieront votre humour, Vénérable Maître Commandeur, sourit à son tour le journaliste. Je répète ma question : pouvez-vous nous dire qui sont ces hommes, ces femmes, dont quelques-uns blessés au visage...

— Sans doute ont-ils raté une marche ? Mais je vais répondre avec le sérieux qu'exige votre question. Vous avez vu atterrir, voici cinq minutes, deux de nos vaisseaux que nous appelons avisos de reconnaissance ou de patrouille. L'un transportait le Commando Alpha, l'autre le Commando « *Chari'a* », ce dernier essentiellement composé de frères musulmans en lutte contre la tyrannie irano-libyenne.

« Deux terroristes palestiniens, un homme, et une femme soi-disant enceinte, ont assassiné deux Algériens, candidats à l'émigration vers la Planète « H », puis se sont mêlés, ce matin, aux files d'attente. En fait de grossesse, la femme cachait un coussin dissimulant un explosif extrêmement puissant ; l'embonpoint de son complice était dû, là aussi, à un coussin analogue. Nous les avons rapidement démasqués, interrogés ; les renseignements ainsi recueillis ont permis à nos Commandos Alpha et « *Chari'a* » d'arrêter une quinzaine de terroristes à Gennevilliers.

« Le chef du Commando Alpha, responsable de l'Ordre des Chevaliers de Lumière pour le Territoire français, vous résumera mieux que je ne pourrais le faire l'opération qu'il a menée à bien, avec le précieux concours de nos frères musulmans de « *Chari'a* ». »

Gilles Novak, la voix intentionnellement déformée par le vibreur de son casque, déclara :

— Quinze terroristes sont maintenant captifs de ce champ de force, en compagnie d'autres canailles dont je vous parlerai bientôt. Non loin de leur repaire, à Gennevilliers, nous avons également mis fin aux activités de trois Algériens, gros bonnets de la drogue qui approvisionnaient les pourvoyeurs et *dealers* de seconde zone, dont quelques-uns se trouvent également enfermés dans ce cylindre lumineux. Les trois Algériens en question, eux, n'y sont pas : nous les avons brûlés vifs dans la cave de leur bicoque, avec les deux tonnes de drogues qui n'empoisonneront plus personne.

Cela avait été dit avec calme et, après un instant de silence parmi les quatre ou cinq cents personnes restées sur la place Joffre, des applaudissements éclatèrent. Cette réaction prouvait à l'évidence — si besoin était — que les honnêtes gens louaient avec enthousiasme la justice expéditive des « Rambo du Cosmos » !

Le directeur de la revue « L.E.M. », usa cette fois d'un ton désinvolte pour enchaîner :

— Sur le chemin du retour, nous avons baguenaudé, survolant à basse altitude certaines rues chaudes de Paris. Nous n'étions pas pressés... et allions méthodiquement exploiter les renseignements en notre possession. Nous avons pu ainsi nous emparer de revendeurs, de *dealers*, mais aussi de plusieurs proxénètes, gangsters à leurs moments perdus. L'un d'eux, désœuvré, avait passé la nuit dernière à larder de coups de rasoir une infortunée prostituée désireuse de reprendre sa liberté.

« Le hasard n'existe pas, mais c'est la Providence qui nous a fait découvrir deux couples de

« touristes » — entre guillemets — de nationalité iranienne. Il s'agissait en fait de tueurs, nantis de passeports tunisiens — faux, naturellement — venus préparer en France une série d'attentats, pour le mois prochain, à l'occasion des fêtes de Noël. »

Des cris d'indignation montèrent de la foule, assortis d'injures à l'endroit des captifs qui, maîtrisés par la barrière de potentiel, grelottaient autant de frayeur que de froid !

Gilles Novak leva la main pour réclamer le silence et poursuivit :

— Rassurez-vous, mes amis, ces canailles vont payer leurs crimes. Les Chevaliers de Lumière ont rendu public, l'an dernier, le manifeste de l'Ordre Cosmique, établi en sept points (1). Le premier stipulait sans détour que nous rétablissions, unilatéralement, la peine de mort, sans tenir compte des campagnes iniques, révoltantes, menées en faveur de l'abolition des exécutions capitales. Campagne principalement soutenue par les valets du bolchevisme qui ont, hélas, obtenu gain de cause ! En France et en d'autres nations, la peine de mort a été abolie, à la grande joie des assassins qui, assurés de sauver leur tête, tuent de plus belle, sans se gêner !

« De tels criminels n'ont aucune place dans une société humaine. Eux ne le sont pas : ce sont des sous-humains, des vermines dangereuses et en tant que tels, nous les exterminerons !

« Comme ceci... »

Les caméras, les appareils photographiques pivotèrent dans la direction qu'indiquait le

(1) Cf. « *Le Pacte de Kannlor* », op. cit.

doigt accusateur de Gilles Novak : le champ énergétique cylindrique où les condamnés s'étaient mis à hurler de terreur.

Lentement, deux coussins flottèrent en l'air, se dirigeant vers le cylindre où l'agitation des captifs devenait frénétique !

— Voici les coussins renfermant les bombes transportées, ce matin, par le couple de Palestiniens. Ils voulaient faire un carnage, un véritable holocauste parmi nous, parmi les candidats à l'émigration vers la planète « H » mais aussi parmi vous, amis, venus si nombreux nous témoigner votre sympathie.

« Démasqués, ce sont eux qui vont mourir... »

Les deux coussins tombèrent, avec lenteur. Fous d'épouvante, les criminels s'écartèrent, se plaquèrent, s'écrasèrent contre le champ d'énergie, laissant au milieu d'eux un espace vide, dérisoire.

Il y eut d'abord une aveuglante boule de feu, précédant l'assourdissante explosion qui déchiqueta, broya dans un magma rouge les condamnés. Canalisée par le champ de coercition, l'onde de choc, avec un grondement épouvantable, jaillit vers le ciel. Aucun débris macabre ne subsistait.

Ce fut au tour de Youssef Nourredine de prendre la parole :

— Je suis musulman, chef du Commando « *Chari'a* », en lutte contre la barbarie sanguinaire des Khomeiny, Kadhafi et autres fanatiques qui donnent de l'Islam une image abominable, bien faite, hélas, pour accentuer le racisme à l'endroit des Maghrébins. Comme si tous les Arabes étaient les complices des ayatollahs ! Ou du « Fou de Tripoli », surnom que lui octroya notre malheureux Frère Anouar El Sadate, victime des intégristes, après avoir amorcé un rapprochement avec nos frères d'Israël. Ces artisans de la discorde et de la haine, nous sommes déterminés à les anéantir. C'est notre devoir sacré !

« J'adresse un appel solennel aux musulmans las des crimes intégristes mais aussi des crimes crapuleux. Perpétrés par une minorité de hors-la-loi, ceux-ci déshonorent les fils du Maghreb, pères de famille et travailleurs sans histoire, souffrant de l'amalgame hâtif les assimilant à ces forbans !

« Dans une quinzaine, nous rassemblerons, ici même ou ailleurs, de nouveaux candidats aspirant à devenir des citoyens libres de la planète « Hope ». Que ces hommes, ces femmes partageant nos idées de justice, n'hésitent pas à rejoindre nos rangs. Nous les accueillerons fraternellement... mais exécuterons sans pitié les brebis galeuses qui commettraient l'erreur fatale de penser que nous ne les démasquerons pas ! »

Le champ de force s'effaça, ne laissant au sol qu'un cercle sombre. L'un des Chevaliers de Lumière prononça, avec, semblait-il, un léger accent méridional :

— Nous avons fait le ménage. Les débris qui restaient de ces pourris ont été dématérialisés d'ici et rematérialisés... dans la Seine. Là, au moins, ils serviront à quelque chose et ce ne sont pas les poissons qui s'en plaindront !

Une lueur verte dans le ciel fit lever les têtes... et les caméras vidéo. Un vaisseau portant sur sa face ventrale le sigle C.D.L. 1 descendait rapidement, ralentissait tandis que s'étiraient ses étançons d'atterrissage. Il se posa doucement et la passerelle s'abaissa. Tous les Chevaliers de Lumière présents se hâtèrent, se déployant en une double haie d'honneur au bas de ce plan incliné, glaive au clair, formant une « voûte d'acier » pour user d'une formule rituélique...

L'on vit alors descendre, passablement émues, les hautes personnalités gouvernementales mystérieusement « kidnappées » au début de la matinée !

Conduites sur la planète « H » afin de visiter les édifices temporaires abritant les nouveaux citoyens libres de Hope City, elles avaient pu, lors du voyage de retour, suivre sur les télévisionneurs de bord les moments cruciaux de ce dimanche 15 novembre. Et ce n'était pas sans émotion que ces hommes de tout premier plan retrouvaient Paris et la planète Terre !

S'étant faufilé entre deux ministres, Zéphyrin Lacombe, balayeur de son état, « kidnappé » par accident, affichait une trogne réjouie devant les caméras. Réjoui, il avait quelque raison dc l'être, revenant de cette incroyable aventure avec le titre de « balayeur en chef de l'Assemblée nationale ! » Avec promesse de recevoir la Médaille du Travail.

Bobonne, à la maison, n'en reviendrait pas, fière de savoir son « Zézé » — son epoux — si intime avec « les gens du gouvernement »...

CHAPITRE VI

Dans l'appartement-relais de la rue de Charonne, les deux Korogz avaient passé pratiquement la journée devant la télévision, horrifiés par la dernière séquence : l'exécution des condamnés sous les applaudissements de la foule.

Zlenn-Horag, en kimono, avait crispé les doigts sur l'épaule nue de Milinn-Goué, blottie contre lui sur le sofa. Sa nuisette ultra-courte, d'un rose pâle, tranchait sur son épiderme brun olivâtre.

— Ces malheureux n'appartenaient pas tous à la Narkoum, fit-elle en promenant sa main sur la cuisse de son compatriote.

— Non, mais c'est tout de même un rude coup pour nos alliés kannloriens, sacra-t-il. J'étais au courant, pour ce couple palestinien ; j'avais émis les plus grandes réserves quant à l'idée saugrenue de faire jouer les femmes enceintes à la fille ; aussi ridicule que de déguiser son mari en homme bedonnant pour cacher lui aussi des explosifs ! Comment les Terriens de la Narkoum ont-ils pu être aussi naïfs ? Ça ne pouvait pas marcher ! Ils auraient été mieux inspirés d'accepter mon plan...

— Tu leur as proposé un plan ?

Il se leva, ouvrit l'armoire-bibliothèque et rapporta deux feuillets imprimés :

— Voici quinze jours, lors du dernier rassemblement organisé par les Chevaliers de Lumière, Nouéen-Laé — appartenant à notre antenne parisienne — et moi-même nous sommes soumis à un conditionnement psychique. Temporairement, nos zones mémorielles ont été occultées, remplacées par des souvenirs, une identité factice. J'étais Richard Raharisoa, sociologue malgache sans travail, et Nouéen-Laé mon épouse Colette, achevant ses études de sociologie et, tout comme moi, à la recherche d'un emploi.

« Nous nous sommes présentés, sur la place Joffre et les tests que nous avons passés ont été concluants : ces formulaires « B » nous ont été délivrés et cette catégorie d'émigrants — les « B » et les « C » — seront convoqués à la fin du mois, très certainement. »

Elle nicha sa tête au creux de l'épaule de son chef et amant, soupira :

— Tu vas donc partir avec cette fille et pendant des mois, davantage peut-être, tu seras loin de moi, Zlenn chéri !

Il la berça avec tendresse :

— Nous ne nous séparerons pas, Milinn-Goué. Si tu acceptes cette mission — très dangereuse, fatale sans doute si nous devions être découverts, — tu partiras avec moi.

Elle s'assit sur ses genoux, couvrit son visage de baisers :

— Si j'accepte ? Mais sans hésiter une seconde ! Je ne te connais que depuis un jour, Zlenn chéri, mais la nuit que nous avons... finie ensemble fut la plus merveilleuse de mon existence !

En riant, il fourragea dans son opulente chevelure, la décoiffa malgré ses cris entrecoupés de rires :

— Il faudra couper tes cheveux — les miens aussi — très court et « refaire » ton nez, un peu trop « pointu » pour une Malgache. Nos spécialistes de la chirurgie esthétique y remédieront et tu ressembleras alors suffisamment à Nouéen-Laé pour prendre sa place... avec son passeport.

— Et si le hasard me remettait en présence de Gilles Novak ? Malgré un nez différent et les cheveux courts, ne me reconnaîtrait-il pas ?

— Non. La commissure de tes lèvres sera modifiée, des injections de silicone dans tes joues arrondiront ton visage (il souleva sa nuisette, caressa ses seins menus) et des implants augmenteront le volume de ta poitrine. Tu seras aussi belle qu'aujourd'hui, mais différente de la Korogz qu'il a sauvagement violée !

Les masséters saillirent sous ses joues et elle gronda, une flamme de haine dans ses yeux :

— Il ne me reverra jamais nue... sauf si cela était indispensable pour le berner et... l'égorger ! J'en fais le serment !

Une sensation bizarre, extrêmement brève, résonnait en échos lointains au tréfonds d'elle-même. Bizarre et désagréable, confuse, insaisissable, qu'elle oublia lorsque Zlenn-Horag la souleva pour la transporter sur le lit...

⁂

Repue d'amour, brisée, Milinn-Goué s'était endormie dans les bras de Zlenn-Horag qui, lui, avait feint le sommeil. Immobile, il demeurait aux aguets, quêtant le moindre bruit en provenance du couloir.

Le bruit « suspect » attendu ne se produisit qu'au bout d'une heure et, doucement, il promena son index sur le visage de sa partenaire qui n'eut aucune réaction. Il retira son bras de dessous sa nuque, se leva, gagna le hall. Un coup d'œil au judas le rassura et il ouvrit la porte, sans avoir jugé utile d'enfiler son slip.

Nouéen-Laé lui sourit, accompagnée d'un Korogz de haute stature, porteur d'une lourde valise, qu'il alla directement déposer dans la chambre où Milinn-Goué dormait profondément.

— A quelle heure lui as-tu fais boire le narcotique ?

— Il y a un peu plus d'une heure, Zulkran, répondit-il à son compatriote.

— C'est bien. Aucune consigne particulière à nous communiquer ?

— Aucune. Je suis prêt, fit-il en s'allongeant sur le lit près de sa compagne.

Zulkran ouvrit la lourde valise, aidé par Nouéen-Laé. Ils en retirèrent des éléments télescopiques qu'ils emboîtèrent pour former trois arceaux au-dessus du couple dévêtu. Une tubulure translucide dorée, à travers laquelle l'on distinguait des organes complexes, fut glissés sous les arceaux, suspendue ; le câble sous gaine fut connecté à un générateur occupant une partie de la valise.

Nouéen-Laé se pencha, souriante, sur Zlenn-Horag, l'embrassa sur la bouche :

— J'ai été heureuse de faire équipe avec toi. Nous nous croiserons peut-être, la semaine prochaine, mais tu ne me connaîtras plus. Je vous souhaite bonne chance, à tous les deux. Vous allez en avoir besoin !

Elle regarda longuement sa compatriote, nue près de lui, inconsciente et soupira :

— Elle est très belle.

Zulkran la considéra avec un regard amusé :

— Elle aura ta beauté, en plus de ton identité, lorsque le traitement psycho-plastique aura fait d'elle ce que tu es...

Il tapota l'épaule du chef d'antenne, avec un sourire amical :

— Prêt, *Richard Raharisoa ?*

— Prêt.

Zulkran abaissa un contacteur sur le petit tableau de commande du générateur. Les trois arceaux devinrent lumineux et la tubulure se mit à scintiller, rayonnant une lueur dorée qui engloba le couple, donnant à leur corps brun olivâtre d'étranges reflets vieil or.

Zlenn-Horag ferma les yeux, sombra dans l'inconscience.

Son corps et celui de Milinn-Goué devinrent transparents et s'effacèrent, dématérialisés...

Nouéen-Laé, agenouillée près du petit tableau de commande, pianota sur le clavier d'un mini-ordinateur et le programma pour n'obéir qu'aux impulsions lancées depuis la base mère, enfouie au large des îles Canaries...

La jeune femme aida Zulkran a démonter les arceaux, la tubulure dorée, qu'ils rangèrent soigneusement dans la valise. Le Korogz en saisit la poignée :

— Tu peux m'attendre ici, chérie. Je vais réinstaller tous ces éléments dans l'appartement du dessous... qui deviendra celui de nos deux tourtereaux, lorsqu'ils seront rematérialisés, au bout d'une semaine.

Elle acquiesça et commença à défaire le lit, changeant les draps en chantonnant, insouciante et même très satisfaite. Aucun regret de ne plus être la maîtresse de Zlenn-Horag. Son nouveau chef d'antenne, séduisant lui aussi, la comblait, savait — ô combien — faire vibrer les fibres les plus subtiles de sa féminité. Elle se réjouissait de ne pas appartenir à l'espèce humaine, parfois si compliquée, prisonnière de ses passions, blessée douloureusement par une rupture. Point de drames psychologiques ou affectifs, chez les Korogz pour lesquels la jouissance physique primait sur les sentiments. Un partenaire doué en valait un autre !

Un instant, elle imagina Zlenn-Horag, conditionné, follement amoureux de Milinn-Goué devenue le sosie d'elle-même ! Ce qui allait l'obliger, elle, Nouéen-Laé, à se terrer dans cet appartement-relais sitôt le retour du couple. Toute rencontre, en effet, aurait immanquablement des conséquences dramatiques, propres à faire échouer le plan — diabolique — de l'état-major mixte kannlorien-korogz.

Une semaine de réclusion, après le retour de Zlenn et Milinn-Goué. Ensuite, ceux-ci quitteraient la Terre, enrôlés par les Chevaliers de Lumière. Et nul, jamais, n'entendrait plus parler de cette jeune « Malgache » partie sur la planète « Hope »... *où il ne lui resterait plus que quelques jours à vivre...*

***

A une centaine de milles au nord-ouest de Santa Cruz de Tenerife et des îles Canaries, par plus de 4000 m de fond, une bulle verdâtre, glauque, coiffait la base mère immergée ; bulle d'énergie hyperdense la protégeant de la formidable pression qui régnait à cette profondeur.

Le petit vaisseau spatio-submersible des Kannloriens s'enfonçait à grande vitesse, laissant derrière lui un sillage tourbillonnaire, faiblement illuminé par l'ionisation de son bouclier énergétique globulaire.

Un blindage recouvrait le hublot panoramique du poste de pilotage, mais les caméras de télévision restituaient sur l'écran l'image encore lointaine de la base. Derrière le pilote, les passagers observaient l'écran, pas très à l'aise, frémissant à l'idée de ce qu'il adviendrait d'eux si le générateur de champ s'interrompait, par suite d'une avarie ! A cette profondeur, le vaisseau et ses occupants imploseraient, broyés comme une coquille de noix !

Muhammad Goneim, le chef de la Narkoum, replet, la bouche lippue, le visage aussi huileux que celui de Yasser Arafat, tripotait nerveusement ses doigts boudinés. Il avait déboutonné le gilet de son élégant costume trois pièces, portant la griffe d'un célèbre tailleur londonien, et s'épongeait le front. A ses côtés, le *tavarichtch* Fédor Grégorov, éminence grise du Praesidium du Soviet Suprême et Viacheslav Chamodorov, chef de la « Ligne X » assurant la collecte des renseignements techniques et scientifiques pour le K.G.B., paraissaient aussi à l'aise qu'un Kaganski égaré parmi les dames patronnesses d'une réunion paroissiale !

Dans son uniforme violet sombre, le commandant Katoon R'Loor, assurant la liaison entre l'état-major kannlorien et celui de la Narkoum, feignait de n'avoir pas remarqué l'anxiété de ses alliés terriens. Son teint olivâtre, nettement plus clair que celui des Korogz, demeurait mat, sans trace de transpiration.

Le vaisseau spatio-submersible continuait sa plongée, très près maintenant de la base mère. Il infléchit sa trajectoire, réduisit sa vitesse et contourna lentement la barrière énergétique glauque puis obliqua de nouveau, s'engageant dans un large boyau de section ovale, au bas de la courbure faiblement scintillante. Un panneau se referma après son passage et l'engin se stabilisa sur une sorte de plate-forme incurvée posée sur des rails.

Avec un grondement sourd, le bief se vida de son eau et le panneau opposé s'ouvrit à son tour sur une aire où d'autres spatio-submersibles s'alignaient. Des techniciens s'affairaient, procédaient aux révisions d'usage sur les appareils, tout comme l'eussent fait des mécanos sur un aéroport ou à bord d'un porte-avions.

Le commandant Katoon R'Loor et ses hôtes, abandonnant le vaisseau, se dirigèrent vers les ascenseurs. Une cabine les déposa 8 étages plus haut. Nouveau périple à travers couloirs et porches, saut d'un tapis roulant à un autre et, une fois encore, cabine d'ascenseur. Dixième et dernier étage.

— Le centre hospitalier — ici, l'aile gauche — abrite le laboratoire de conditionnement psychique. Là sont traités les agents korogz, volontaires pour la mission *P.E.*, dont je vous ai parlé.

L'exiguïté de ce laboratoire surprit les visiteurs terriens.

Ils s'attendaient à découvrir autre chose que cette pièce circulaire assez dépouillée. En son milieu, un plateau rectangulaire monté sur rotules, avec un épais matelas en matière spongieuse, lactescente, sur lesquel reposait un couple de couleur entièrement nu : Zlenn-Horag et Milinn-Goué, leurs cheveux coupés court, leur crâne emprisonné sous une résille à électrodes.

Habituellement foncée, olivâtre, leur peau paraissait plus claire.

Montés sur une potence au bras articulé, deux

petits projecteurs, au niveau du bassin de la Korogz, pulsaient en alternance des lueurs mauves et orangées, illuminant de flashes rapides la partie inférieure de ses seins volumineux.

— Voici, donc, les agents korogz de la mission *P.E.* A l'issue du traitement en cours et une fois rematérialisés dans leur appartement parisien, ils auront tout oublié de leurs origines. Ils seront devenus des Malgaches : M. Richard Raharisoa et son épouse Colette, un couple sans histoire. Le Korogz ne se souviendra pas que ce patronyme était en réalité une identité d'emprunt lui permettant de séjourner sur la Terre. Le moment venu, un stimulus lui rendra sa personnalité initiale et il exécutera sans faillir la mission pour laquelle nous l'avons conditionné.

Il invita ses hôtes à se pencher sur la jeune « Malgache » :

— Examinez la partie inférieure de ses seins, grossis par des implants. Sous l'action de ces rayonnements, les cicatrices « vieilliront », afin de ne pas trahir une opération récente. Elles auront pris l'apparence de cicatrices anciennes, peu visibles, quand elle et son « mari » se rematérialiseront chez eux.

« Nous avons également agi sur leurs substances pigmentaires, en particulier la mélanine, selon la terminologie terrienne, pour éclaircir leur pigmentation, faire disparaître le substrat olivâtre. Ainsi passeront-ils plus facilement encore pour d'authentiques Malgaches. Le nez trop droit de Milinn-Goué, a été « corrigé », comme d'autres particularités de son visage, calquées sur celles d'une Korogz nommée Nouéen-Laé...

— Mais... ses seins, objecta Chamodorov, ne sont-ils pas exagérément « gonflés » ?

— Il s'agit d'un gonflement, d'une tuméfaction traumatique temporaire, due à l'insertion des prothèses. Cet œdème se résorbera d'ici quelques jours ; elle conservera une poitrine nettement plus volumineuse qu'à l'origine mais en harmonie avec sa taille. Sa beauté n'en souffrira pas.

— Soit, convint Muhammad Goneim, mais si ses seins sont tout de même plus gros qu'ils ne l'étaient et si elle prend conscience de la présence de ces... corps étrangers — les prothèses plastiques —, elle s'en étonnera...

L'officier kannloriens sourit :

— Elle ne *s'apercevra* pas de cela pour l'excellente raison que la présence desdites prothèses ne sera pas une surprise : Colette Raharisoa, pour plaire à son époux, *sait* parfaitement qu'elle a subi ce type d'implants, souples et malléables. Ils font partie de ses souvenirs... artificiellement acquis au cours de son conditionnement psychique.

« Rassurez-vous, amis terriens. Cette femme EST certaine de sa « normalité ». Notre plan, minutieusement étudié, analysé sous tous ses paramètres, ne peut échouer. Soumise à n'importe quel type de psycho-analyseur centaurien, voire, aux extraordinaires pouvoirs mentaux des Vahouns, elle apparaîtra comme une Malgache absolument normale, vouant une reconnaissance éternelle aux Chevaliers de Lumière qui l'auront — en compagnie de son mari — translatée sur la planète « H ».

Viacheslav Chamodorov eut un gloussement sinistre :

— Une reconnaissance « éternelle »... qui ne s'exercera que durant peu de jours...

*
**

Deux semaines s'étaient écoulées...

Au second étage de l'immeuble sis au 197 rue de Charonne, réplique fidèle de l'appartement-relais du 3e étage, Zulkran, le nouveau chef d'antenne et sa coéquipière Nouéen-Laé, achevaient le montage des arceaux du translateur au-dessus du lit. La tubulure dorée suspendue, branchée au générateur de la valise, le Korogz consulta le réveil électronique sur la table de chevet : 6 heures du matin. Un réveil identique à celui de Zlenn-Horag, mais comportant un micro-émetteur qui retransmettrait à l'appartement du 3e les paroles du couple lors de sa rematérialisation.

— Un quart d'heure à attendre...

— Nous disposerons ensuite d'une demi-heure pour démonter l'installation et nous éclipser avant qu'ils ne reprennent conscience.

Ce laps de temps écoulé, un voyant rouge pulsa sur le tableau de commande du générateur, Zulkran appuya sur un bouton. Les arceaux émirent une faible clarté, rapidement noyée dans la lueur dorée de la tubulure. Graduellement se formèrent les silhouettes indistinctes de Zlenn-Horag et de Milinn-Goué, allongés côte à côte, nus, paupières closes. Le processus de rematérialisation se poursuivit, densifiant la matière du couple qui, bientôt, reprit son aspect normal... A divers détails morphologiques près, pour Milinn-Goué.

Le regard de Zulkran allait de cette dernière à Nouéen-Laé, impressionnée par l'extraordinaire ressemblance.

— Elle est, absolument, devenue mon sosie... à la peau légèrement plus claire.

Le chef d'antenne palpa doucement les seins de

Milinn-Goué inconsciente, s'attarda à leur partie inférieure, imité par sa compagne.

— On perçoit la légère induration des implants qui donnent à ses seins le volume des tiens. Gravée dans sa mémoire, cette opération de chirurgie plastique ne provoquera en elle aucune interrogation.

Il leva les yeux vers l'angle supérieur gauche de la chambre : dans la moulure décorative, près du plafond, l'objectif de la microcaméra demeurait indécelable.

Le matériel démonté, rangé dans la valise, les deux Korogz quittèrent l'appartement pour gagner le leur, un étage plus haut. Ils branchèrent la télévision — composant un code approprié sur le bloc de télécommande — et l'image de la chambre du dessous apparut sur l'écran. Le micro camouflé dans le réveil électronique retransmettait la respiration régulière du couple sous hypnose profonde.

De la cuisine, Nouéen-Laé rapporta un plateau chargé d'une théière, de bols, d'un petit déjeuner complet qu'elle déposa sur la table basse, devant le sofa. Ils commencèrent à déjeuner, sans quitter l'écran des yeux.

***

A 7 heures du matin le réveil électronique se déclencha. Obéissant à ce stimulus inclus dans sa programmation, Zlenn-Horag sortit du sommeil hypnotique, interrompit le vibreur et s'étira. Il se pencha sur Milinn-Goué qui émergeait avec plus de difficulté de l'hypnose (cela aussi faisait partie de sa propre programmation) et l'embrassa :

— Allez, Colette, debout !

Grognement indistinct de la jeune femme qui soupira, fit la moue :

— Encore quelques minutes, Richard... le temps que tu prépares le petit déjeuner...

— Tu triches, ma chérie ! Aujourd'hui, c'est ton tour !

Et en riant, il lui mordilla gentiment le sein. Son « épouse » eut un gémissement, le repoussa en gloussant :

— Brute de mon cœur ! Mes seins sont sensibles, ce matin...

— C'est fréquent, tu le sais bien, à l'approche de tes règles. Bon, je vais préparer le café, mais tu ne perds rien pour attendre, Coco chérie !

Elle pouffa et lui tourna le dos, présentant un « envers » qui valait bien l'endroit !

Richard Raharisoa, dans la cuisine, mit le café « en train », disposa les bols, couverts, beurrier, biscottes sur la table et alla prendre une douche, puis se rasa. Avec un antique rasoir-couteau, démodé, certes, mais chargé de souvenirs : un cadeau de son père, modeste commerçant de Behenjy, localité au sud de « Tana », le diminutif de Tananarive devenue Antanarivo après l'indépendancce.

Il nettoya soigneusement la lame sous le robinet d'eau chaude, l'essuya, reposa le rasoir sur le bord du lavabo et se frictionna avec son eau de toilette « Vétiver » de Carven. Venue en catimini, Colette l'enlaça, colla contre son dos musclé ses seins, son ventre tiède. Se retournant pour l'enlacer à son tour, Richard fit choir le rasoir sur le tapis de bain. Sa « femme » le ramassa, entre le pouce et l'index, avec une sorte d'inquiétude larvée qui s'évanouit rapidement... Une inexplicable répulsion, trop fugitive pour avoir marqué son conscient...

— Richard, mon cœur, ce rasoir est un cadeau de ton père, mais je me promets de t'offrir un rasoir électrique, pour ton anniversaire. Ce sera plus pratique, non ?

— Oui, mais tu oublies un petit détail, Coco : mon anniversaire est dans un mois. Or, à ce moment-là, nous serons sur la planète « H »... Dis, tu n'as pas oublié ? C'est aujourd'hui, le dimanche 29 novembre, que les Chevaliers de Lumière ont convoqué sur la place Joffre les détenteurs du formulaire « B » ! Notre prochaine nuit, ma chérie, nous la passerons sur un autre monde !

— Et nous ferons un vœu, comme chez nous, sur les bords du lac Itasy, à Madagascar, le jour où, pour la première fois, nous avons fait l'amour...

Au troisième étage, dans l'appartement-relais, Zulkran et Nouéen-Laé se félicitaient : Zlenn-Horag avait cédé la place à sa personnalité seconde, « malgache » : celle d'un certain Richard Raharisoa, très amoureux de son épouse Colette, qu'il surnommait parfois « Coco ». Elle-même ayant tout oublié de son origine korogz et de la Milinn-Goué qu'elle avait été. Leurs « souvenirs » greffés refluaient à point nommé en leur mémoire.

Instruments aveugles des sinistres Kannloriens, ils exécuteraient immanquablement l'abominable « *Mission P.E.* », pour l'instant occultée, enfouie dans les couches profondes de leur psychisme.

Une mission épouvantable, qui ferait d'eux les plus monstrueux criminels de l'Histoire...

CHAPITRE VII

Quelques jours plus tôt, quittant sa cabine pour gagner le réfectoire, le géomancien-analyste allumait tranquillement un cigare « Perséus » — moins démesuré que l' « Aldébaran » de la gamme Pléiades ! — lorsque la porte de la cabine voisine s'ouvrit avec une certaine vivacité. Il demeura sans voix devant une inconnue, déconcertante à bien des égards. Drapée dans une tunique pourpre, la jeune femme, visiblement pressée, partageait sa surprise.

— J'ai failli te bousculer, mon Frère. Pardonne-moi.

— Pas avant d'avoir accepté de boire un verre en ma compagnie, au réfectoire, plaisanta-t-il. Je m'appelle Alain Le Kern, du Commando Alpha.

— Shiin Fowenng, ingénieur électronicienne et chef des Services Techniques au Centre des Télétransferts de Hope City. Merci de ton invitation, Frère Le Kern, mais se sera pour un peu plus tard. Arrivée ce matin, je connais mal les ponts du *Nerkal* et suis appelée au P.C. des téléportations. Veux-tu m'y conduire, si tu en as le temps ?

Il sembla n'avoir point entendu la question de cette humanoïde si... bizarre avec ce fin duvet blond en guise de chevelure. Des yeux fascinants, vert émeraude, à la pupille ovale moucheté de doré ; une peau claire à reflets pastélisés de bleu pâle et du roux le plus doux ; de curieuses oreilles, fines, dont le pavillon frémissait quand elle fronçait les sourcils au duvet à peine discernable.

A cet examen peut-être un peu trop soutenu, ses lèvres sensuelles dessinèrent un sourire amusé :

— Il faudra t'y habituer, Frère Le Kern ; sur la planète Hope, les Vahoukloans sont nombreux. Ce nom composite désigne les métis noorl ankloan-vahounik. Noorl Ankloa — mais tu le sais —, est la planète mère de nos frères centauriens...

Ce métissage inter-racial, centaurien/vahoun, lui conférait une envoûtante beauté. Et Alain se découvrit une attirance subite pour l'ingéniérie électronique ! Heureuse rencontre qui connaîtrait pourtant de singuliers et inquiétants prolongements...

— Je te prie d'excuser ma surprise... admirative, Shiin Fowenng. Oh oui ! fit-il, se souvenant enfin de sa requête. Viens, je vais t'accompagner. Je n'ai jamais eu l'occasion de visiter la salle des machines, au P.C. des Téléportations. Ce doit être captivant.

— Tu t'intéresses à la technologie et à l'électronique ?

Il eut une toux discrète et mentit avec aplomb :

— Enormément.

La Vahounkloane coula vers lui un regard en biais et dissimula un sourire.

Tous deux atteignirent une rotonde où convergeaient plusieurs coursives. En son milieu, la cabine du télétransféreur. Panneau mural aux multiples touches. Shiin Fowenng programma la destination et, en une fraction de seconde, ils se rematérialisèrent dans un tore bleuâtre, au P.C. des Téléportations, 5 000 m plus loin et sur un autre pont du cosmonef géant.

La salle circulaire était vaste, ceinturée de plaques rondes surmontées de l'anneau bleuté générateur de champs de translation. La coupole centrale abritait une machinerie aux organes extraordinairement complexes, où plusieurs techniciens centauriens, en salopette brune, examinaient des racks, dégagés de leurs compartiments étagés.

Malgré son « énorme » intérêt pour les technologies de pointe, le géomancien laissa la métisse s'entretenir avec ses confrères penchés sur les racks et, en l'attendant, il fit le tour de la coupole. Là, une nouvelle surprise : Igor Boloniev ! Le jeune officier blond, arraché au goulag, portait une robe de chambre provenant de l'infirmerie du bord. Au dos, sur le tissu, figuraient des idéogrammes désignant le bâtiment : *S/S NERKAL*. Boloniev écoutait avec beaucoup d'attention les explications que lui fournissait un Centaurien en salopette maculée de graisse, de lubrifiant.

Alain lui serra la main, s'exprimant dans sa langue :

— Bonjour, Igor, je vois que tu es rétabli.

— Presque. Mes plaies sont pratiquement cicatrisées. Toi aussi, tu te passionnes pour l'électronique ?

Le Kern s'assura qu'aucune oreille vahoukloane ne traînait dans le secteur et avoua :

— Pas trop. J'ai seulement accompagné une amie. Mais toi-même, tu es compétent en la matière ?

— Oui, car à l'armée, avant d'être muté en

Afghanistan, j'étais élève-ingénieur. Les Chevaliers de Lumière affectés à ce P.C. technique m'ont gentiment permis de venir les voir, de temps en temps. C'est chic de leur part. Il faut que je songe à ma reconversion, sur la planète « H » et un poste dans l'électronique me plairait bigrement. Je fais partie du contingent qui sera téléporté après-demain...

Il balança un instant puis se décida :

— Je t'ai vu arriver avec la « patronne »; j'ai oublié son nom, peu facile à retenir; on m'a dit qu'elle dirigeait les services techniques de Hope City. Si je suis embauché, je travaillerai sous ses ordres. Elle est sympa ?

— Très. Je lui parlerai de toi, si ça peut te rendre service, Igor.

Le Russe lui décerna un chaleureux sourire :

— Toi et tes amis m'avez déjà rendu plus qu'un service, Alain. Vous m'avez arraché à ce bagne, ce goulag où tant de malheureux ont souffert. J'ai d'ailleurs eu de la chance, beaucoup de chance, puisque ma déportation remontait à peine à quinze jours. Et la veille de votre intervention vraiment... miraculeuse, quand ces salopards de miliciens m'ont infligés ces coups de fouet, j'ai cru qu'ils allaient m'achever !

— Maintenant, une nouvelle vie s'annonce, pour toi : celle d'un citoyen libre d'un nouveau monde qui ne connaîtra pas la barbarie ni l'oppression.

— Frère Le Kern, où étais-tu passé ?

L'ingénieur électronicienne en tunique pourpre venait le rejoindre.

— Je voudrais te présenter le lieutenant Igor Boloniev, qui suivit à l'armée des cours d'élève-ingénieur avant d'être muté en Afghanistan, puis déporté dans un goulag.

Le jeune officier inclina la tête, respectueux, pour saluer la métisse et celle-ci l'interrogea, en russe :

— Elève-ingénieur en quelle discipline, Igor Boloniev ?

— L'électronique, madame.

Elle sourit, rectifia :

— « Madame », « monsieur », sont des termes que nous n'employons pas. Je suis l'ingénieur principal Fowenng et ce titre se traduit par *ouk-nohoua*.

— Excusez-moi, *ouk-nohoua*. Je ne possède pas votre langue et commettrai encore bien des erreurs.

— C'est naturel, mais sur la planète « H », les émigrés terriens seront soumis à un assimilateur linguistique. Devenus des citoyens libres, vous parlerez le bankoar, la langue véhiculaire de notre Confédération Interstellaire.

— A propos, glissa le géomancien, comment Igor devra-t-il procéder pour postuler un emploi compatible avec ses connaissances, à Hope City ? Son contingent sera téléporté après-demain...

— Je quitte moi-même le *Nerkal* demain. Arrivée sur la planète « H », je consulterai sa fiche et n'aurai aucun mal à l'intégrer parmi le personnel des services techniques, dont j'ai la charge, au Centre des Télétransferts. Sitôt débarqué, Igor Boloniev, fais-moi prévenir. L'un de mes collaborateurs te prendra en charge.

« Au fait, Alain, si le Commando Alpha fait partie du contingent translaté en même temps qu'Igor, tu pourrais peut-être l'accompagner jusqu'à mon bureau ? »

Devant sa mine préoccupée, elle ajouta :

— Naturellement, si cela pose un problème...

— Non, je m'arrangerai d'une manière ou d'une autre.

Ils prirent congé du lieutenant Boloniev et Alain Le Kern se jeta à l'eau :

— J'avais l'intention, Shiin Fowenng, de te demander s'il ne me serait pas possible de... de quitter le *Nerkal* en même temps que toi, demain. Tu pourrais alors me faire visiter ton Centre et je serai sur place, le surlendemain, pour accueillir nos sœurs et frères du Commando. Qu'en penses-tu ?

Elle l'observa avec une sévérité feinte mais ne put conserver longtemps son sérieux :

— Je pense, mon cher Alain, que cela est parfaitement possible et te signale, incidemment, que les Vahoukloans, en dépit de leur métissage, ne perdent rien des fonctions télépathiques héritées de leur géniteur vahoun.

Le géomancien-analyste toussota, embarrassé, fourragea machinalement dans son collier de barbe et promena ensuite ses doigts sur son crâne dégarni :

— Je... je crains d'avoir « pensé tout haut », c'est ça ?

Amusée, elle lui prit le bras, l'entraîna :

— Ne m'avais-tu pas invité à prendre un verre, au réfectoire ?

— Oui, mais...

Elle éclata de rire :

— Je vois, tu as changé d'avis. Tu songes à une bouteille de champagne, que nous pourrions boire dans ta cabine.

Bref silence et elle enchaîna, faussement offusquée :

— Oh ! tu penses aussi à...

Il la coupa, ironique :

— ... A ce à quoi tu penses aussi. Ça tombe bien, non ?

***

A bord du *Nerkal,* dans la cabine qui lui avait été octroyée, le peintre Monique Augeix, en chantonnant, vérifiait si rien de son attirail ne manquait dans sa mallette : tubes de couleurs, pastels, gouaches, estompes, gommes, godets, chiffons, crayons, taille-crayons, etc.

Le lendemain, en débarquant sur la planète « H », elle se promettait de consacrer au moins une ou deux journées à peindre des paysages... pour autant que ses occupations « ordinales » lui en laisseraient le loisir ! Naturellement, le Commando Alpha de Gilles Novak, auquel elle appartenait, n'aurait certainement pas à exécuter, là-bas, des missions périlleuses, mais ses membres ne seraient pas pour autant en vacances ! Artiste peintre au talent consacré, dirigeant à Toulouse un cours de peinture, Monique Augeix aurait à préparer une classe de dessin, à former « sur le tas » une jeune fille lauréate des Beaux-Arts, à Paris, mais qui manquait évidemment de pratique. Ce futur professeur de dessin — Geneviève Lefranc —, lasse d'espérer un poste, avait décidé de poser sa candidature d'émigrante lors d'un précédent rassemblement orchestré par les Chevaliers de Lumière.

Ah ! Les flacons de solvants ! Monique les rangea dans un angle de la mallette, tout en continuant de se remémorer sa rencontre avec cette jeune fille, après ses tests d'admission. La voyant vaguement inquiète, indécise peut-être, l'artiste peintre toulousaine l'avait gentiment houspillée, lui assurant que ses résultats, satisfaisants, lui vaudraient d'obtenir un formulaire « B », catégorie englobant les professions pédagogiques et administratives.

Geneviève Lefranc ne connaissait pas le visage de cette Chevalière qui l'avait si gentiment réconfortée. Néanmoins, elle savait qu'une sympathie naîtrait entre elles, là-bas, sur ce monde lointain et mystérieux où d'innombrables Terriens allaient refaire — et réussir — leur vie.

Les lames de rasoir ? Ces lames servant de grattoirs, où les avaient-elles fourrées ? Monique farfouilla, bougonna et les trouva, finalement, déjà rangées ! Le couvercle de leur petite boîte métallique (une boîte de cachous !), mal fermé, l'irrita. Perfectionniste (l'harmonie, la pureté de ses œuvres l'attestaient), Monique ne supportait pas ce qui pouvait clocher. Et ce couvercle fermé de travers, coincé, l'énervait. Elle dut faire des efforts pour le dégager. Se débloquant inopinément, le couvercle sauta et les lames jaillirent. L'une d'elle la coupa à l'index gauche !

Un « merde » retentissant échappa à la jeune femme d'ordinaire avare de « gros mots ». La coupure saignait. Elle porta instinctivement l'index à sa bouche. Et pas le moindre pansement ou sparadrap !

Pestant contre elle-même, Monique courut vers l'infirmerie, sur ce même pont. Proche, fort heureusement. Et ce sang qui coulait toujours ! Elle frappa à la porte. Pas de réponse. L'artiste peintre ouvrit : un couloir aux murs clairs avec, à gauche, la cabine de contrôle des chambres par moniteurs de télévision et, à droite, la tisanerie. Elle trouva sans difficulté des pansements individuels, s'appliqua un peu de mercurochrome (l'étiquette mentionnait ce terme, sous une série de caractères bankoars inintelligibles) et colla enfin autour de la première phalangette le petit pansement adhésif.

C'est en ressortant que des gémissements lui parvinrent. Cela provenait de la salle de contrôle vidéo. Elle y pénétra, parcourut rapidement les écrans : seuls trois étaient en circuit, branchés sur la salle de réanimation, située à l'extrémité opposée du couloir. « Appareillés » — perfusion, sondes, cathéters —, les patients en réanimation demeuraient silencieux, paupières closes.

Une porte, à gauche et au fond de la salle de contrôle. Monique s'en approcha, prêta l'oreille : les gémissements, les râles devenaient plus distincts. Fallait-il frapper, attendre une réponse alors que, peut-être, un malade agonisait ? Elle ouvrit doucement. Son cœur se mit à battre à coups précipités et elle referma l'huis sans bruit. Bouleversée, incrédule, peinée aussi, elle resta quelques secondes comme pétrifiée : Régine ! Nue, dans les bras de ce jeune officier soviétique, Igor Boloniev, qu'ils avaient délivré du goulag de Tchéliouskine une quinzaine plus tôt ! Igor Boloniev, le torse, le ventre balafré de sillons sanglants, soigné, maintenant au terme de sa convalescence et à qui Régine, sans nul doute, se donnait fougueusement ! Dans la chambre quasi obscure... et devenue silencieuse.

La porte s'ouvrit, livrant passage à Régine qui rajustait sa tunique, pas autrement surprise de trouver là Monique Augeix, atterrée, les yeux embués de larmes d'émotion. La compagne de Gilles Novak mit l'index devant ses lèvres et prit le bras de l'artiste peintre, quitta le secteur de l'infirmerie. D'autorité, elle entra dans la cabine de la Toulousaine.

— C'est... pas vrai ? balbutia cette dernière.

Régine arrondit les épaules, moins embarrassée que son amie :

— Oui, tu n'as pas rêvé. La chambre était dans la pénombre et nous n'aurions rien remarqué... si la lumière de la salle de contrôle vidéo n'avait pas, justement, trahi l'ouverture silencieuse de la porte !

« Tu sais, Igor et moi, ce n'est qu'une banale aventure sans lendemain. Nous serons, demain justement, translatés sur la planète « H » et, là-bas, sans doute, je ne le reverrai plus... Ne te méprends pas : j'aime Gilles comme je n'ai jamais aimé un autre homme et cette liaison éphémère n'altérera en rien l'amour que j'ai et aurai toujours pour lui. »

Monique s'était laissée choir sur sa couchette, désemparée. Régine vint prendre place à ses côtés, passa un bras autour de ses épaules, remuée par son chagrin :

— Je vais te faire une confidence : voici une quinzaine, Gilles à conçu un plan astucieux. Vaincre la méfiance de Milinn-Goué, et lui donner l'occasion de s'évader du *Nerkal*. Il fallait impérativement que cette Korogz ignore tout de sa ruse et croie véritablement avoir, à la faveur des circonstances, berné Gilles et pris la fuite. Et pour gagner la confiance de cette femme, que crois-tu qu'il fît ?

Monique Augeix la considéra avec suspicion puis incrédulité :

— Ils... ils ont fait l'amour ? Tu les as surpris et cela ne t'as pas brisé le cœur ?

Régine serra affectueusement ses épaules, l'embrassa sur la joue et répondit en riant :

— Non, je ne les ai pas surpris car, avec Daniel Huguet, je faisais partie de ce plan. A défaut d'en avoir la certitude, j'imaginais aisément que

Gilles en arriverait là... Et le plan réussit : convaincue d'avoir accompli un exploit d'une audace folle, Milinn-Goué a pu quitter le *Nerkal.*

— Et toi, pour te venger de son infidélité « contrainte », tu as rendu à Gilles la pareille !

— Tu n'y es pas, Monique. C'est beaucoup plus compliqué *et seules comptent les apparences.* Pour l'instant, je ne puis t'en dire davantage. Un jour, tu réaliseras à quel point notre amour est au-dessus de ces « incartades » réciproques.

« D'ici là, je souhaite que notre amitié ne souffre pas de cette situation... scabreuse. »

L'artiste peintre prit la main de Régine et soupira :

— Je vais essayer d'oublier tout ça, ma chérie...

Puis son ton se raffermit et elle remua la tête, ronchonne :

— Mais, bon sang, j'aimerais bien comprendre ce que cachent tous ces arrangements avec la morale ! Du moins la morale, telle que je l'entends !

*
**

Sur la planète « H », le hall du Centre des Télétransferts de Hope City ressemblait — en plus grand — à celui d'un aéroport. Ses baies vitrées surplombaient, non pas les pistes d'envol mais une salle gigantesque, circulaire, divisée en sections triangulaires d'inégales superficies. Les plus vastes comprenaient chacune 10 tores géants capables de téléporter ou recevoir, à la fois, 100 « voyageurs », soit un millier par section ! Réparties en cercle, ces divisions triangulaires évoquaient les quartiers d'une orange coupée à l'horizontale. En son milieu s'élevait une tour massive abritant les machines, les générateurs, une centrale énergétique autonome. Au sommet, tel un champignon, une bulle transparente qui dominait l'ensemble, avec son dispatching, ses consoles où clignotaient d'innombrables voyants lumineux, ses batteries d'écrans de télévision.

Des opérateurs en tunique blanche, bleue, verte pour les Vahouns, contrôlaient les « mouvements transdimensionnels ». Ingénieur principal et chef des services techniques de ce Centre, Shiin Fowenng, revêtue de la tunique pourpre des Vahoukloans, servait de guide au géomancien-analyste Alain Le Kern.

La visite achevée, tous deux gagnèrent la cabine de l'ascenseur qui, glissant sur un rail extérieur le long du cylindre axial, les ramènerait au rez-de-chaussée. Le portillon courbe se referma mais la métisse n'actionna pas tout de suite le bouton de descente, Alain l'avait enlacée, embrassée dans le cou et elle se serra contre lui, rieuse, exhalant la fragrance de « Guirlandes », le parfum de Carven qu'il lui avait offert :

— Voilà où tes mensonges m'ont conduite, *yonnraé* Alain : dans tes bras !

— Quels mensonges, *yonnroua ?*

— Ne m'as-tu pas dit, à bord du *Nerkal,* que tu t'intéressais « énormément » à la technologie ?

— Hypocrite ! répondit-il en riant. N'as-tu pas lu dans mon esprit que c'était toi, surtout, qui m'intéressait « énormément » ? Alors, de quoi te plains-tu ?

Elle l'embrassa tendrement et avoua :

— De n'être pas venue plus tôt sur le *Nerkal !* J'aurais pu t'y rencontrer il y a des mois... Mais je ne pensais pas, à cette époque, avoir un jour ce coup de tonnerre pour un Terrien...

— Euh... Tu veux dire le coup de « foudre » ?
— C'est ça... coup de foudre.
Il admira son merveilleux et étrange visage, la pressa tout contre lui, goûta la douceur de ses lèvres :
— Confidence pour confidence, je ne pensais pas, moi-même, succomber un jour au coup de... « tonnerre » pour une Vahoukloane. Et ce d'autant plus que j'ignorais l'existence d'une espèce métisse aussi divinement belle.
— Ne te moque pas de mes fautes de français. J'ai assimilé ta langue il y a à peine un mois et ne l'ai guère pratiquée depuis.
— J'aurais tort, *yonnroua,* de me moquer. Il y a beaucoup moins de temps que je parle le bankoar, puisque cela remonte seulement à cette nuit... Et naturellement, je ne le maîtrise pas très bien encore.
Effectivement, durant la nuit écoulée, ils s'étaient endormis enlacés, coiffés l'un l'autre d'une résille à électrodes. Par le truchement d'un assimilateur linguistique, cette langue véhiculaire, puisée dans le psychisme de Shiin Fowenng, allait donc s'imprimer dans les zones mnémoniques du géomancien.

*
**

Le Commando Alpha se matérialisa au cœur de la clarté bleutée du tore à téléportation. Ses membres promenèrent autour d'eux des regards remplis de curiosité. Pour la première fois de leur vie, ils foulaient le sol de la planète « H ». Un « sol » qui, présentement, consistait en une épaisse dalle de métal brillant, aux côtés d'autres dalles analogues, circonscrites dans un énorme triangle allongé :

l'une des sections du gigantesque Centre de Télétransferts.

Monique Augeix, à l'affût de toute nouvelle impression visuelle, parcourait des yeux ce hall immense, intéressant au plan technique, mais qui n'inspirait guère son âme d'artiste peintre. Elle vibrait davantage à la beauté d'un paysage, d'un visage, d'une scène vivante ; la froideur, la rigueur figée d'une réalisation technique — fût-elle extraordinaire comme ce haut lieu de la technologie centaurienne — la laissaient plutôt indifférente.

Les arrivées et les départs de Centauriens, Vahouns ou Terriens Chevaliers de Lumière, créaient un incessant va-et-vient, une animation permanente de voyageurs aux tuniques de couleurs variées. Point de multirays ni de glaive-laser aux effets destructeurs redoutables, dans cette foule en perpétuel mouvement. Les seules armes apparentes se résumaient à des paralysateurs.

Suivis par leurs amis, Michel Merkavim et Kartz Hoolinngo abandonnaient la dalle ronde du translateur. Leur valise à la main, ils marchèrent vers les portillons d'accès au hall de sortie.

Régine fut la première à apercevoir le géomancien et cette belle et mystérieuse inconnue en tunique pourpre. Le kabbaliste israélien la renseigna :

— Shinn Fowenng, ingénieur électronicienne, chef des services techniques de ce Centre de Télétransferts. C'est une Vahoukloane, métisse née de parents centaurien et vahoun.

Monique Augeix réagit spontanément à cette envoûtante beauté, déroutante aussi, que le Vénérable Maître Commandeur présentait maintenant aux membres du Commando Alpha. Lorsque Gilles Novak échangea avec elle l'accolade fraternelle, la métisse le tint un moment par les épaules, plongeant dans le regard bleu du journaliste ses yeux vert émeraude à la pupille ovale tachetée d'or :

— Il me semble te connaître depuis toujours, Frère Novak. Et toi aussi, Sœur Régine. Alain m'a tellement parlé de vous... De vous tous, sourit-elle à l'adresse de Monique Augeix, Daniel Huguet, Hiroko Aïkawa, Gérard Ehret et Jerry Fowler.

Alain Le Kern, heureux de les revoir après son escapade de 48 heures, suggéra :

— Plutôt que de bavarder ici, *yonnroua*, nous pourrions peut-être accompagner nos amis jusqu'à Hope City ?

— *Yonnroua*, quel joli prénom !

Le Vahoukloane se contint pour ne pas rire de cette excusable méprise :

— Mon prénom est Shiin, Régine, *yonnroua*, en bankoar, la langue véhiculaire de la Confédération, cela veut dire simplement : chérie, au féminin.

Et de prendre à témoin le géomancien, un peu gêné de ces confidences :

— N'est-ce pas, *yonnraé* Alain ?

— J'ai compris, plaisanta Régine en embrassant fraternellement ce dernier, *yonnraé* est la forme masculine de *yonnroua*.

Gilles Novak, à son tour, les félicita :

— *Mazel tov !*

— *Mazel tov !* répéta pour son compte l'Israélien. En hébreu, cela veut dire « Bonne chance, soyez heureux ».

— *Daragoï* Jerry !

A cette exclamation, ils tournèrent la tête.

Resplendissante dans sa tunique blanche, accourait Elishéva Kamenkova. Elle se blottit dans les bras de l'industriel américain, Jerry Fowler la fit tournoyer, ravi de rejoindre enfin la biologiste soviétique délivrée de l'enfer du goulag de Kandalakcha (1).

A proximité de ces retrouvailles animées, deux hommes en salopette brune, penchés sur un carter « désossé », vérifiaient les connexions d'un clavier de commandes manuelles. Entendant ce *daragoï* (chéri, en russe) lancé par une voix féminine, l'un deux avait levé la tête : l'élève-ingénieur Igor Boloniev, engagé le matin même dans l'équipe technique du Centre par Shiin Fowenng. Il reconnut les membres du Commando Alpha et s'attarda plus particulièrement sur Régine. Leurs regards se croisèrent et leurs yeux se sourirent, furtivement.

Sur la dalle métallique du translateur voisin, dans le halo bleuâtre du tore, venait de se matérialiser le Commando *Chari'a*. Son chef, Youssef Nourredine, marcha vers le géomancien, arrivé depuis deux jours sur le nouveau monde :

— *Salam aleikoum, khrouia* Le Kern !

— *Aleikoum salam, khrouia* Nourredine ! répondit-il en échangeant avec lui la triple accolade.

— C'est la Tour de Babel ! plaisanta Gérard Ehret, le guérisseur alsacien. A la différence près qu'ici l'on ne peut évoquer la « confusion des langues » mais bien plutôt la fusion fraternelle des ethnies de la Terre avec les races du cosmos !

— Et là seulement l'on peut parler de races, au pluriel, alors que sur notre planète d'origine, rappela Michel Merkavim, n'existe qu'une race :

(1) Cf. « *Narkoum : finances rouges* », op. cit.

le *genus homo*, le genre humain, ce qui rend plus odieux encore le racisme et les persécutions auxquelles il a donné naissance.

Monique Augeix eut une moue dubitative :

— J'en connais qui, sous prétexte qu'ils sont nés sur la Canebière, n'hésitent pas à se montrer racistes envers les Toulousains !

Visé, l'hypnotiseur la menaça de l'index :

— J'en connais qui vont dérouiller avant pas longtemps ! Et qui verront qu'une bouillabaisse vaut bien mieux qu'un cassoulet... toulousain !

Comprenant parfaitement qu'ils se taquinaient, la Vahoukloane les prit au mot :

— Je vous propose de vous départager ces prochains jours : toi, Monique, tu nous prépareras un... cassoulet et toi, Daniel, une bouillabaisse. Ne connaissant ni l'un ni l'autre de ces mets, je rendrai mon verdict en toute impartialité. Nous mangerons d'abord le cassoulet et finirons par la bouillabaisse.

Elle hésita un instant, regardant tour à tour la Toulousaine et le Méridional en sondant leur psychisme :

— Je ne suis pas sûre que vous puissiez, tous deux, trouver sur la planète « H » les ingrédients dont vous aurez besoin, aussi demanderai-je à notre Frère Shorung-N'Taal, en mission sur la Terre, de vous rapporter ce qui vous manquera.

— Avec un paquet de bicarbonate de soude, laissa négligemment tomber Daniel Huguet. Car si tu tiens absolument à inscrire dans cet ordre et au même repas ces deux spécialités, nous en aurons besoin pour digérer !

Aussi fin gourmet que Gilles Novak, Alain Le Kern passait une langue gourmande sur ses lèvres en rêvant à une orgie de « boustifaille » !

Ce tout premier séjour sur la planète « Hope » s'annonçait de fort belle façon et les dieux étaient avec eux !

Mais pour combien de temps ?...

CHAPITRE VIII

Sur le vaste parking du Centre des Télétransferts, sous la conduite de Michel Merkavim et de Kartz Hoolinngo, les Commandos Alpha et « *Chari'a* » avaient pris place dans un aérobus, un ovoïde à quatre ponts, aux parois transparentes. Les trois premiers, complets, comprenaient chacun cinquante sièges, occupés par des Terriens, Vahouns, Centauriens et Vahoukloans des deux sexes, adultes et enfants. Dans la cabine de l'élévateur axial qui les emportait vers le pont supérieur, Gilles et ses compagnons avaient été un peu surpris de découvrir ces compatriotes dont la bonne condition physique excluait qu'ils pussent appartenir à la catégorie, misérable, des victimes de persécutions.

— Ces hommes, ces femmes, Européens ou de couleurs, certains avec leurs enfants, sont soit des Chevaliers de Lumière, soit des techniciens, des ouvriers spécialisés, d'origines diverses, expliqua Merkavim. Nous les avons recrutés en Europe. En Israël, en Afrique, en Australie, en Asie, aux Amériques, partout dans le monde. Ils sont, avec ceux que nous avons délivrés en Russie et dans les pays satellites de l'U.R.S.S., les pionniers de la planète « H ». La population actuelle, toutes races ou ethnies confondues, atteint quatre-vingt mille personnes.

— Pas de race autochtone, Michel ?

— Aucune, Gilles. Ce monde pourrait être comparé au nôtre, tel qu'il était à l'époque du crétacé où les hominidés n'avaient pas encore fait leur apparition. Il comporte trois continents, en majeure partie couverts de forêts, de jungle, au climat subtropical ou tropical selon les latitudes. Hope City est édifiée sur une zone subtropicale, au bord de la mer de Judée — nous avons donné à certains sites des noms rappelant notre Histoire humaine — et à l'estuaire d'un immense fleuve qui vient du nord-est, le N'Hocine Djurdjura. Il fut baptisé ainsi à la mémoire d'un pionnier kabyle, conducteur de travaux : N'Hocine, natif du Djurdjura, en grande Kabylie. Ton compatriote, Frère Nourredine, souligna l'Israélien. Cet homme, dont les compétences n'avaient d'égales que la bonté, la gentillesse, périt par accident ; la première victime du début de la colonisation.

Ils survolèrent des bâtiments préfabriqués, avec des rangées de longues tables et bancs de bois, simple camp de transit où les Terriens téléportés se regroupaient, subissaient les examens sanitaires et les premiers soins qu'exigeait éventuellement leur état, avant d'être dirigés vers la capitale planétaire.

Celle-ci, entourée de sept collines, dressait ses édifices à une vingtaine de kilomètres du Centre des Télétransferts. De hautes tours, espacées, à la façade translucide réfléchissant les rayons du soleil, se répartissaient autour d'une colossale pyramide tronquée. Ses 100 plans superposés, allant en se rétrécissant vers le haut, constituaient autant d'étages où alternaient les ministères, les services administratifs, les bureaux d'études, les services sociaux et hospitaliers présidant aux destinés de la cité. Les deux premiers niveaux étaient réservés au Q.G., des Chevaliers de Lumière et les vingt derniers à leurs logements de fonction. Chaque gradin possédait des terrasses fleuries et les plans supérieurs habitables s'agrémentaient de jardins sur lesquels donnaient les balcons-terrasses des appartements.

Sur les côtés de la construction pyramidale s'ouvraient douze « puits » obliques desservant les parkings souterrains des vaisseaux de l'Ordre. Seuls quatre de ces parkings, reconnaissables à leur couronne de spots rouges et bleus, étaient réservés aux « civils » alors que les huit autres ornaient leur voûte à l'auvent de béton d'un grand cercle de lumière verte.

Autour de la cité, de nombreux chantiers bourdonnaient d'activité, les uns à la première phase des fondations, d'autres voyant s'élever l'ossature des futurs immeubles. Des horticulteurs-paysagistes supervisaient les plantations, premières étapes des parcs qui entoureraient les tours urbaines. Plus loin, au nord-ouest, au sommet aplani d'une colline verdoyante, la station d'épuration ; les bassins-réservoirs d'eau potable, alimentant la ville, brillaient au soleil. Cette colline offrait ses flancs boisés aux promeneurs et aux enfants, ravis de pouvoir jouer aux « explorateurs », aux « gendarmes et aux voleurs » ou encore aux... Chevaliers de Lumière ! Un lac peu profond s'étendait vers l'est et la rivière. Entre deux « aventures » ponctuées de cris et de rires, les garnements s'y baignaient dans le plus simple appareil, le naturisme ayant été rapidement adopté dans cette société purgée des tabous et du rigorisme sclérosant des bigots.

Adeptes de la plus grande tolérance confessionnelle, les Chevaliers de Lumière ne rejetaient aucune religion et les respectaient toutes. La preuve en était l'immense parc naturel qui prolongeait à l'est des bassins de décantation ; là commençaient à s'édifier divers lieux de cultes. Au milieu de ce parc, s'élevait un grand temple œcuménique dédié à la Sophia Céleste, ouvert à tous, sans discrimination aucune. Au faîte de ce temple à colonnades, une statue géante de la Sophia Céleste. Plus exactement son hologramme (la statue serait sculptée plus tard) représentant une splendide jeune femme nue enveloppée la nuit de draperies lumineuses, coiffée d'une couronne d'étoiles, bras écartés comme le grand Christ Rédempteur de la baie de Rio. Il s'agissait moins d'une religion que d'une philosophie — un peu à l'instar du bouddhisme — préconisant l'amour entre les êtres, tous les êtres de l'Univers. Une école de pensée affirmant le caractère sacré de la fraternité, de la sagesse et du savoir, fondement d'un culte destiné, au cours du troisième millénaire, à se développer au gré de l'expansion de l'homme et des humanoïdes — les deux issus d'un phyllum d'un tronc commun —, à travers la Galaxie.

Sur trois des sept collines à la périphérie de Hope City s'étageaient des maisons à la forme inusitée, sorte de calottes ovoïdes coupées de grandes baies vitrées. Devant l'étonnement de l'industriel américain, le Vénérable Maître Commandeur céda la parole à Gilles Novak.

— Ce sont des maisons biotiques, Jerry, conçues par Gérard Blin, l'un de mes amis chercheurs. Le matériau essentiellement employé est le bois — les forêts de cette planète en regorgent — sous formes de charpentes, de poutres en arceaux, d'éléments-caissons en contreplaqué. Ces « bioconstructions » révolutionnaires, assises sur leur dalle de béton, sont parasismiques, anticycloniques, à l'abri des influences pernicieuses pouvant découler des courants telluriques et du géomagnétisme ; leur isolation thermique est extraordinaire. De plus, grâce à la préfabrication des éléments de charpentes, le temps de montage d'une maison biotique moyenne, avec trois ouvriers, exige seulement huit jours !

Le directeur de la revue « L.E.M. » soupira, pour ajouter :

— Tout cela est tellement révolutionnaire, supérieur aux constructions classiques et meilleur marché, que l'ami Gérard Blin, en France, est en butte à mille et une tracasseries qui font obstacle au développement de son invention (1). Il est souhaitable que d'autres pays, moins bornés que le nôtre, s'intéressent à cette nouvelle approche biotique de l'habitat. En attendant, la Commission de l'Urbanisme des Chevaliers de Lumière a adopté ces bioconstructions, pour le plus grand bien-être des colons de cette planète vierge.

L'aéronef de transport s'était posé sur l'esplanade ouest de la colossale pyramide et les voyageurs s'éparpillaient. Michel Merkavim guida les Commandos Alpha et « *Chari'a* » vers le grand hall décoré de plantes vertes, de jets d'eau, formant une rotonde autour de laquelle s'ali-

(1) Bien que très schématisés, les détails relatifs à ces maisons biotiques sont exacts... de même que les difficultés rencontrées par Gérard Blin pour exploiter en France son invention remarquable ! Des pays plus clairvoyants s'y intéressent et sans doute un jour, des maisons biotiques nous seront proposées « made in... X » que nous importerons alors contre des devises étrangères !

gnaient les élévateurs, dont plusieurs pouvaient recevoir 30 personnes.

Ils utilisèrent l'un d'eux et la cabine dégravitée les emporta jusqu'au 87e étage. Nouvelle rotonde, beaucoup moins étendue, où six couloirs prenaient naissance.

— Nous avons réservé des appartements et studios dans la travée 1-A pour les membres de vos commandos, indiqua Merkavim à Gilles et à Youssef Nourredine. Le nom de chacun de vos membres figure sur la porte correspondant au logement qui lui est attribué. L'ameublement est des plus stricts, réduit au minimum ; vous pourrez le modifier, le compléter à votre guise dans les jours ou semaines à venir. Vous trouverez chacun une carte de crédit, sur le télévisionneur, avec une provision amplement suffisante pour acquérir tout ce dont vous pourrez avoir besoin. Un plan plastifié, pliable, est joint à celui — très provisoire — de Hope City. Ce plan concerne les niveaux ministériels, administratifs, services d'études et commerciaux sans oublier les étages d'habitation de cette pyramide baptisée Gizeh II. C'est l'âme de notre cité, le point axial autour duquel s'articulent et s'articuleront les quartiers en étoile, séparés par des espaces verts, des parcs, des jardins ponctués de plans d'eau.

« Enfin, si vous vous sentez un peu perdus, n'hésitez pas à composer sur le clavier de l'ordinateur le 7 A-9, une opératrice vous renseignera. »

— Et si on se sent... beaucoup perdu ? hasarda Daniel Huguet.

— Tu composeras alors le 7 A-10, sourit le Vénérable Maître Commandeur. C'est le Centre de Relaxation Psycho-somatique où de charmantes hôtesses te soumettront à un programmateur euphorisant, sans danger ni risque d'accoutumance. Plongé dans une baignoire à l'eau vibrante, massé, bercé par une musique douce diffusant des messages subliminaux apaisants et réconfortants, tu sortiras de là équilibré, rasséréné.

Pince-sans-rire, l'hypnotiseur déposa un chaste baiser sur le front de sa compagne japonaise et déclara :

— Bon, les amis, vous voudrez bien m'excuser, mais j'ai une course à faire...

Et s'adressant à Michel Merkavim :

— Il est loin d'ici, ce centre de massages thaïlandais soma-psycho je ne sais quoi ?

— Au soixante-cinquième étage.

Habituée aux facéties du Méridional, Hiroko. Aïkawa demanda de sa voix fluette :

— Il doit y avoir aussi des « hôtes » et pas seulement des hôtesses, disposés à appliquer ce traitement paradisiaque aux clientes ou consultantes ?

— En effet, mais je dois vous informer d'un petit détail : hôtes ou hôtesses, masseurs ou masseuses, sont tous des androïdes à notre image, *mais asexués* ! Cet établissement, parfaitement honorable, n'a rien de commun avec ce à quoi tu penses, mon cher Daniel.

— Moi ? fit-il, d'un air angélique.

Pouffant, Hiroko le tira par l'oreille :

— A la maison et tout de suite, coureur de jupons !

Il se dégagea en riant, l'embrassa :

— Ici, les femmes ne portent pas de jupon, mais des tuniques légères. Et les jours de mistral, on doit bien se marrer !

Le kabbaliste, amusé, conseilla :

— Je vous suggère, à tous, mes amis, de prendre possession de vos appartements et de nous retrouver, dans une heure, au réfectoire du niveau quatre-vingts. Nous y déjeunerons et consacrerons l'après-midi à survoler la planète afin de vous familiariser avec sa géographie. Et ce soir, nous assisterons à une garden-party dans le Parc de la Rivière. Les installations, momentanément, sont des plus sommaires. L'immensité du parc peut accueillir plus de dix mille personnes ! A condition de se contenter de bancs et tables de bois rustiques et de se servir soi-même les jus de fruits aux distributeurs automatiques... sans jeter en partant les gobelets plastiques, rigides et donc récupérables !

« Les apéritifs, alcools et liqueurs seront fabriqués bien plus tard. »

Chacun partit à la recherche de son « home » dans cette même travée, à l'exception d'Alain Le Kern et Shiin Fowenng qui, eux, s'y étaient installés 48 heures plus tôt.

— Pour ta gouverne, Gilles, nous sommes voisins, indiqua le géomancien. Notre porte est la 07-1A-87. Toi et Régine avez la 09 et Daniel et Hiroko la 06, face à nous. Elishéva Kamenkova et Jerry Fowler occupent l'appartement 05...

— Et moi le 04, lança le guérisseur Gérard Ehret qui venait de repérer son nom sur la porte. Et voici le tien — le 03 — Frère Nourredine.

Alors qu'ils bavardaient un moment encore sur le seuil de leur logis, un couple portant des valises s'avança dans le couloir éclairé par des plaques électroluminescentes. Un couple à la peau « café au lait », lui grand et robuste, elle svelte et très belle avec sa courte chevelure brune, son nez épaté, ses dents éclatantes et une magnifique poitrine que moulait sa tunique : Richard et Colette Raharisoa. De parfaits inconnus pour Gilles et ses compagnons.

Le Vénérable Maître Commandeur alla à leur rencontre, affable :

— Bonjour, amis. Seriez-vous égarés ?

Le « Malgache » lui montra une fiche plastifiée, reçue contre la remise du formulaire « B » :

— Nous sommes à la recherche de notre studio, le 32-1A.

Merkavim vérifia l'indication sur la fiche et secoua la tête, sarcastique :

— Il n'y a pas que sur la Terre que l'administration commette des erreurs, Richard ! Dans cette travée, toi et ton épouse ne trouverez pas de 32-1A. Pourquoi ne vous installeriez-vous pas au 2-1A, au bout du couloir ? Il est libre.

Ils échangèrent un coup d'œil, embarrassés, et Raharisoa objecta :

— En bas, on nous a dit que la plupart des travées de ce niveau étaient réservées aux Chevaliers et non aux civils. Ma femme et moi sommes des sociologues, donc des « administratifs ». Vous... Tu ne crains pas que si nous nous installons ici, cela nous créera des complications ?

— Nous pourrions redescendre et faire rectifier la fiche, au service d'accueil, suggéra sa femme, sans entrain.

Merkavim relut le prénom de la jeune femme, sur la fiche et arrondit les épaules :

— Comme tu le voudras, Colette. Hope City n'est pas encore surpeuplée et vous trouverez sans difficulté à vous loger, mais je t'assure que le fait d'occuper l'appartement 2-1A ne créera aucun problème.

La « Malgache » qui avait posé sa valise, soupira avec lassitude, pour s'adresser alternativement à l'Israélien et à son mari :

— Vous... Tu as sans doute raison. Je suis fatiguée, Richard, de porter cette valise. Prenons donc cet appartement. Et merci de tes conseils... ami.

— Mon nom est Michel Merkavim. Voici Alain Le Kern et Shiin Fowenng, Daniel Huguet et Hiroko Aïkawa, Gilles Novak et Régine Véran... Nos autres voisins, déjà chez eux, vous les rencontrerez certainement tout à l'heure, au réfectoire.

Au cours des présentations et au contact de la main du journaliste, Colette-Milinn Goué éprouva l'espace d'une seconde un trouble bizarre, trop fugitif pour avoir marqué sa mémoire. Le nom de Gilles Novak ne lui disait rien et pas davantage celui des autres personnes qu'elle et son mari n'avaient pas retenu. Au demeurant, des gens charmants, en particulier cet homme venu si spontanément leur proposer son aide. sans doute un « haut gradé » dans la hiérarchie des Chevaliers de Lumière.

Des relations de bon voisinage ne seraient pas superflues. Elle et Richard, bien que remplis d'espérance, ne pouvaient se défaire d'une certaine nostalgie. Voire, d'un désarroi compréhensible chez ces transplantés ayant coupé les ponts avec leur berceau planétaire. Immigrants sur la planète « H », ils devraient tirer un trait sur leur passé, garder confiance en l'avenir. Jeunes, unis par un amour solide, de quoi auraient-ils pu s'inquiéter ? Tout irait bien.

Et pourtant, Colette Raharisoa sentait poindre des sensations confuses, contradictoires, nébuleuses... Le cafard, sans doute, que son raisonnement optimiste ne parvenait pas à écarter...

***

Au niveau 80, le self-service, conçu pour recevoir 500 « clients », ne désemplissait pas. D'autres réfectoires de même capacité existaient à plusieurs niveaux, assurant des rotations quotidiennes d'environ 20 000 repas, sains et copieux.

Des colons agriculteurs, depuis un an, approvisionnaient la cité en légumes. Des vignes plantées à la même époque commenceraient à produire deux années plus tard. Les vergers exigeraient davantage de temps. Des dizaines de milliers d'hectares, dans les territoires défrichés au nord et à l'est, produiraient bientôt du blé, du maïs, du soja et autres céréales afin de permettre à la population de vivre en autarcie, au moins au plan de l'alimentation. Des fermes modèles entretenaient des élevages d'animaux de basse-cour, des chevaux, des bovins et ovins. Sur les côtes de la mer de Judée s'édifiaient des chantiers de construction de bateaux de pêche, des usines pour la congélation du poisson ; des parcs à pisciculture voyaient le jour le long du fleuve N'Hocine et des « fermes » d'aquaculture s'implantaient peu à peu sur les hauts-fonds marins. Judicieusement exploitées, les forêts fournissaient diverses essences de bois. Des botanistes et agronomes sélectionnaient les espèces végétales comestibles ; des zoologues, zootechniciens et éthologistes se penchaient sur la faune. D'ores et déjà, le monde animal de ce globe s'annonçait riche en espèces propres à l'élevage.

Autant de domaines qui exigeraient une main-d'œuvre nombreuse et justifiaient l'organisation de centres de formation professionnelle accélérée par procédés hypnopédiques. Des stages de quelques semaines à quelques mois assuraient aux colons une formation ou une reconversion garantissant un emploi immédiat. Quel que soit leur métier, tous se pénétraient d'une certitude exaltante : celle de devenir les bâtisseurs d'un nouveau monde, qui verrait grandir leurs enfants à l'abri du besoin.

C'est à cela, au développement d'une société humaine plus juste, plus libre, que songeaient la plupart des membres des Commandos Alpha et « *Chari'a* », tout en se restaurant et devisant sur l'avenir.

Gilles et Régine, Daniel Huguet et Hiroko Aïkawa, Merkavim et Kartz Hoolinngo mangeaient à la même table. Un peu plus loin prenait place le couple sympathique des Raharisoa. Richard et Colette, gauches encore, les saluèrent en déposant leurs plateaux chargés de leur repas. Louvoyant entre les dîneurs, Igor Boloniev arriva, lui aussi avec son plateau. Il s'installa à l'unique place libre, aux côtés des « Malgaches » et engagea la conversation avec eux.

Une table voisine réunissait Monique Augeix, Elishéva Kamenkova, Jerry Fowler, Gérard Ehret, Alain Le Kern et Shiin Fowenng. L'artiste peintre avait successivement regardé le jeune Russe et la compagne de Gilles Novak, qui semblait n'avoir pas prêté attention à l'arrivée d'Igor Boloniev. Si ! Régine et lui venaient d'échanger un bref regard...

Pas n'importe lequel, nota Monique, contrariée : un regard d'intelligence. Dix minutes s'écoulèrent et Boloniev se leva, chercha des yeux, trouva le panneau fléché indiquant les lavabos et marcha dans cette direction.

Trois minutes encore...

Régine se pencha vers Michel Merkavim. Celui-ci la renseigna et elle quitta la table, prit à son tour la direction des toilettes... où, pour la troisième fois, l'élève-ingénieur se lavait les mains, les frottait sous le pulseur d'air chaud, tout en jetant de fréquents regards vers la porte. Régine la poussa, sourit au jeune Russe qui se précipita, la prit dans ses bras. Elle accepta un baiser du bout des lèvres, le repoussa, parla à voix basse :

— Ne commettons pas d'imprudence, *daragoï !* Tu es bien installé ?

— Oui, dans la pyramide, niveau 87, travée C-2. Nous sommes au même étage, certes, mais assez loin l'un de l'autre. Penses-tu pouvoir... t'échapper, me rejoindre, un soir ?

— C'est ça : je dirai à Gilles que j'ai la migraine et qu'un bol d'air frais sur la terrasse me ferait du bien ! Tu rêves, mon pauvre chéri ! Ce sera très difficile ; mais ce soir, nous nous rendons tous à la garden-party. Nous essayerons de trouver une table près de la forêt plutôt qu'au bord de la rivière. Tâche d'être là de bonne heure, afin de repérer notre arrivée. Ne viens pas seul, propose au couple malgache de t'accompagner. Tu inviteras à danser Ginette, je crois...

— Non, c'est Colette, nous nous sommes présentés, tout à l'heure et sympathisons.

— Bon. Tu danses avec elle, tu invites ensuite une autre fille. Je danserai avec Gilles et nous échangerons des banalités avec vous. Puis tu viendras m'inviter.

A sa mine déçue, elle objecta :

— Sois raisonnable, Igor, tu sais bien que je ne suis pas libre. Je ne pourrai te rejoindre, la nuit, que si l'on envoie Gilles en mission.

Il l'enlaça, fébrile, mais elle le repoussa :

— Tu es fou ! Si quelqu'un nous surprenait... A ce soir, *daragoï...*

Une minute plus tard, elle reprenait place à côté de Gilles en grande conversation avec Michel Merkavim et Kartz Hoolinngo. Furtif mais lourd de reproches, le regard de l'artiste peintre se posa sur Régine qui feignit de s'absorber à finir son repas...

*
**

Piloté par le kabbaliste israélien, l'aéronef de reconnaissance — bulle ovoïde d'un maniement extrêmement simple — quitta le parking souterrain de Gizeh II et s'éleva, emmenant à son bord Gilles Novak et ses compagnons. L'engin accéléra, suivant son ascension en oblique et reprit un vol horizontal à 20000 m d'altitude.

— Nos horlogers, expliqua le pilote, nous livreront demain les premières montres et réveils électroniques basés sur les journées « hopiennes » de 26 heures. Oui, les jours sur cette planète sont plus longs que sur la nôtre. Elle gravite à cent quatre-vingt-deux millions de kilomètres du soleil, l'étoile Bêta du Triangle Austral, à trente-huit années-lumière de la Terre.

Il fit grimper l'aéronef à une vitesse vertigineuse et le stabilisa à 500000 mètres :

— Nous sommes approximativement au centre du continent Elgor. Près de quatre-vingts pour cent de sa superficie sont recouverts de forêts et de jungles. Hope City est édifiée à trois mille kilomètres plus à l'ouest, sur les bords de la mer de Judée. Ce continent, par ses contours, ressemble un peu à l'Australie.

— Les essences de ces forêts ont-elles été recensées ?

— Oui, en majeure partie, Gilles. Quant à la faune, toujours sur Elgor, elle comporte assez peu de prédateurs. Dans un second temps, nous créerons un zoo à Hope City, où les diverses espèces animales sauvages seront représentées... à l'exception des « dinos ».

— Pourquoi ? s'étonna Monique Augeix. Et que sont ces animaux ?

— Des dinosauriens qui vivent dans les immenses jungles marécageuses du continent Kaltaor. C'est là que nous nous rendons...

L'engin de reconnaissance quitta Elgor et survola à haute altitude une mer — baptisée Rayana — avant de ralentir à l'approche de nouvelles côtes, déchiquetées, constituées de falaises abruptes, de récifs et d'atolls frangés d'écume. Ici et là, nombreux, des estuaires de rivières charriant une eau limoneuse qui entraînaient des « îles végétales », des troncs d'arbres déracinés ou rompus par la foudre.

— Le climat de Kaltaor est résolument tropical, très humide ; des typhons, des cyclones s'y déchaînent aux équinoxes. Les jungles sont encore inexplorées, à l'intérieur du continent ; des expéditions les ont survolées, se posant pour de courtes haltes et redécollant après avoir procédé à des prélèvements de végétaux, d'insectes, plus rarement à des carottages. Le sous-sol est riche en minerais divers. Plus tard, nous enverrons des expéditions dont les spécialistes auront la charge de faire l'inventaire systématique de la faune, de la flore et des gisements métallifères.

L'aéronef, à seulement 2 000 m d'altitude, remontait un fleuve d'une largeur d'au moins 100 km, avec ses rives envahies de marécages où, çà et là, poussaient des boqueteaux d'arbres étranges, d'un violet veinulé de jaune, d'orange, croulant sous d'énormes touffes de mousses d'un gris argenté. Fort abondantes sur toute la planète, ces mousses à croissance rapide fournissaient une excellente pâte à papier, ce qui évitait le déboisement des forêts, menace catastrophique pour l'écologie, rappela leur cicérone avant de poursuivre :

— Voici les marécages d'Alkahira, zone de ponte des dinosauriens. Les femelles gravides y déposent leurs œufs, restent quelques jours ou quelques semaines à hanter le secteur, poussant des sortes de barrissements terrifiants pour éloigner les prédateurs et s'en retournent rejoindre les mâles, plus au nord.

— Et ces cris des femelles, ce concert temporaire, suffisent pour chasser les espèces friandes de leurs œufs ?

— Les espèces « terrestres », Hiroko, mais pas les volatiles qui planent, inaccessibles, durant la ponte. Les femelles reparties, les...

« Tenez ! s'exclama-t-il, regardez plutôt sur notre droite, là-bas... »

Il fit accomplir un bond d'une centaine de mètres à l'aéronef et plafonna au point fixe. Une sorte de ptérodactyle planait, déployant ses ailes d'une envergure dépassant 15 m, dotées de curieux moignons griffus à leurs articulations moyennes, les plus près du corps au long cou « goitreux », à la tête prolongée d'un bec bardé de dents acérées !

Un monstre volant composite, dément !

Qui maintenant plongeait vers un bouillonnement de bulles venues crever à la surface du marécage. Battant de ses longues et larges ailes un peu analogues à celles des chauves-souris, l'étrange volatile se maintenait au-dessus du jaillissement de bulles : un œuf devait se trouver là. Le bébé dinosaure, à l'aide de l'éperon corné prévu à cet effet par dame Nature, devait casser la coquille, épaisse, agrandir progressivement la fissure. Libéré, ses premiers mouvements le feraient barboter maladroitement dans le marécage afin de chercher, instinctivement, un refuge dans l'entrelacs des racines innombrables. Là, hors d'atteinte, il pourrait se faufiler, inspecter les abords du marigot en quête de nourriture, larves, petits poissons et batraciens.

Le pseudo-ptérodactyle, fasciné par les bulles, indices d'une proie, attaqua du bec... et s'affaissa en battant spasmodiquement des ailes, la tête tranchée par d'énormes mâchoires !

Régine et Monique, Elishéva et Hiroko avaient sursauté devant ce drame quotidien de la vie sauvage.

Le Vénérable Maître Commandeur reprit ses commentaires :

— Ces bulles ne provenaient pas de l'éclosion d'un œuf mais d'un saurien enfoui dans la vase et dont vous n'avez vu que les mâchoires ! Il s'agit d'une sorte de caïman, plus petit que le nôtre ; immergé dans la vase, ces crocodiliens expulsent des bulles d'air pour attirer diverses espèces friandes d'œufs... et qui souvent finissent dans leur panse !

— *The struggle for life...*

— Oui, Jerry, la lutte pour la vie, les herbivores servant de pâture aux carnivores, terrestres ou volants ; ce cycle est valable sur tous les mondes.

— Et ces dinos, questionna Daniel Huguet, où peut-on les voir ?

— Dans ce secteur mais aussi en beaucoup d'autres, sur ce continent, répondit Merkavim en reprenant de l'altitude afin de remonter vers le nord, le long des rives du fleuve.

Ils n'eurent pas à aller trop loin et, de nouveau, l'aéronef fit un statique : un couple de dinosauriens pataugeait, soulevant d'énormes gerbes d'eau putride, verdâtre. Le mâle devait bien mesurer 35 m, de son nez camus prolongeant un cou épais jusqu'à la queue annelée, bardée de piquants. Deux bosses boursouflaient son dos massif. Il se dressa sur ses pattes postérieures, « kolossales », et ses pattes antérieures, doigts griffus écartés, se figèrent. Le monstre inclina légèrement sa tête serpentine vers la gauche et soudain, avec une rapidité surprenante pour une telle montagne de chair et d'os, son corps bascula en avant, le cou et la tête s'enfonçant dans la vase.

La femelle, en se tortillant, se rapprocha aussi vite qu'elle le put et son cou, plus flexible, s'abattit dans la fange. Sa tête chercha à gauche, à droite et parvint à saisir une proie : un serpent, au corps verdâtre, mesurant plus d'un mètre de diamètre ! Un méga-anaconda que le mâle tenait lui aussi dans ses puissantes mâchoires. Les deux carnosauriens, luttant pour que leur proie animée de soubresauts frénétiques ne leur échappe point, mordaient la chair, brisaient les côtes du monstrueux ophidien. Le mâle, ses griffes profondément enfoncées dans les chairs, ruisselantes de sang, parvint enfin à rompre d'un coup de mâchoire la colonne vertébrale !

Avec sa femelle, il se recula, sans lâcher leur proie. Celle-ci gigotait toujours, mais ses saccades s'affaiblissaient. Les « dinos » à la démarche maladroite, davantage à l'aise dans les marécages et l'eau que sur la terre ferme, tirèrent l'ophidien, sur une éminence rocheuse et se mirent à le dévorer avec des grognements, des claquements répugnants.

— Ce type de reptile, dont nous connaissons l'existence, peut mesurer plus de vingt-cinq mètres pour un diamètre d'un mètre et davantage. Comprends-tu, Monique, les difficultés auxquelles nous serions confrontés si nous envisagions d'inclure des dinosaures dans notre futur zoo ? Pour les espèces de « petites tailles » — du volume d'un rhinocéros ou d'un hippopotame — c'est concevable, mais pour de tels mastodontes ? Longs de trente à quarante mètres, dépassant les cinquante tonnes, quel biotope immense ne devrions-nous pas reconstituer ? Une fosse de plusieurs kilomètres, large de cinq cents mètres avec des parois lisses et verticales hautes de quarante mètres ; un fond marécageux, alimenté par un affluent artificiel de la rivière N'Hocine ? Et fournir quotidiennement à ces créatures de cauchemar leur lot de méga-anacondas, d'herbivores ou de carnivores, avec de temps à autre vaches et troupeaux de moutons ?

« Non, je doute qu'une telle solution voie le jour. En revanche, il est tout à fait possible d'imaginer la construction, ici, d'une sorte de bunker géant surmonté d'une tour d'observation, destiné aux touristes de demain. A l'abri d'épais murs de béton percés de fenêtres à vitres blindées, l'hôtel-bunker protégé par un champ de force, les vacanciers pourraient sans danger venir admirer les dinos dans leur milieu naturel.

Daniel Huguet objecta :

— Avec le foin et le vacarme qu'exigerait la construction de ce bunker-hôtel, il est probable que ces bestioles déguerpiraient vite fait, pour ne plus revenir, et les touristes en seraient pour leurs frais.

— Ce serait vrai pour une jungle terrienne, mon Frère Daniel, mais nous disposons de moyens encore inconnus chez nos compatriotes, rappela le Vénérable Maître Commandeur. Lorsque l'édification de cet hôtel-bunker sera décidée, dans un premier temps, nous anesthésierons les dinosaures dans un rayon de cinquante kilomètres. Des aéronefs surveilleront le secteur afin de protéger les bêtes endormies qu'une agression de la part des prédateurs plus petits. La nuit venue, les travaux interrompus, nous ranimerons les... bestioles, pour reprendre ton terme et recommencerons le cycle le lendemain, jusqu'à la fin des travaux. De la sorte, à aucun moment les dinos n'auront été effrayés et en conséquence, ils n'abandonneront pas leur habitat pour émigrer plus loin.

— Ingénieux, approuva Gilles Novak, le front collé à la paroi transparente de l'aéronef qui surplombait le festin macabre. Tiens, là-bas, à une dizaine de mètres, la femelle, en fouettant de sa queue le marécage, a partiellement fait apparaître un rocher affleurant qui porte des traces de sondage. Les premières équipes d'exploration, sans doute, ont dû prospecter ce secteur.

Michel Merkavim affichait une moue dubitative :

— Je n'en ai pas souvenance, mais cela m'étonnerait. Un tel projet n'a pas de caractère d'urgence et les premiers explorateurs, en règle générale, n'étaient pas équipés pour procéder à des sondages...

L'aéronef se rapprocha silencieusement des dinosauriens qui continuaient d'arracher des lambeaux sanglants à l'anaconda géant. Le mâle dressa son cou et ses yeux jaunes fixèrent cet intrus, ce « volatile » immobile à 30 m de hauteur. Il poussa un grognement et se remit à son festin.

Sur le tableau de bord, le pilote abaissa une manette et saisit une poignée verticale sur rotule, orientant un faisceau d'ondes « palpeuses ». Comme sous l'effet d'un souffle à haute pression, la boue du marécage, à l'endroit indiqué, se creusa, s'écarta, découvrant la roche affleurante. Et les traces mystérieuses apparurent : trois traits parallèles, trois sillons aux bords nets, à l'incurvation uniforme, longs d'un bon mètre. La coupe franche, récente, plus claire, n'avait pas encore été « colonisée » par les végétaux aquatiques ni par les micro-organismes donnant à la partie intacte du rocher cette coloration d'un vert brunâtre.

Soucieux soudain, Merkavim survola l'emplacement et orienta le faisceau palpeur sur l'autre côté du rocher, y découvrant des traces identiques. Il programma l'ordinateur de bord, interrogea le C.D.T.S. ou Centre de Documentation Technique & Scientifique, à la rubrique « Explorations », en injectant les coordonnées du lieu. En caractères vert fluorescent, la réponse défila sur l'écran : *Secteur 28 Alkahira jungle Kaltaor, survols périodiques trimestriels ; études magnétométriques, prélèvements atmosphériques, prélèvements biotiques, eaux, végétaux, faune aquatique mineure, carottages géophysiques non encore entrepris. Faune carnosaurienne dangereuse (sol et air, nombreux ptérosauriens, sous-ordre assimilés aux rhamphorhyncoïdes archaïques à mâchoires dentées). Aucune exploration au sol.*

Le Vénérable Maître Commandeur déconnecta l'ordinateur :

— J'ai vérifié par acquit de conscience. La réponse du C.D.T.S. n'autorise aucun doute : les explorations au sol n'ayant pas commencé, ces traces « mécaniques », totalement étrangères à notre colonie, sont le fait de visiteurs inconnus ! Et qui ont échappé à nos réseaux de détection !

— Ces traces, s'enquit Gilles Novak, par quoi ont-elles pu être laissées ?

— Par un appareil, une machine lourde et

volumineuse qui déploya ses griffes d'ancrage, d'amarrage temporaire. Nous devrions pouvoir en trouver d'autres.

Il manipula divers organes du pupitre de commande et les deux dinosauriens se figèrent, paralysés. Un rayon tracteur d'une puissance impressionnante les souleva, en même temps que le monstrueux serpent déjà copieusement « entamé », pour les déposer doucement plus loin : dans une dizaine de minutes, sortant de la paralysie, ils pourraient festoyer de nouveau, sans avoir rien compris de leur petit voyage !

Les rayons palpeurs fouillèrent le marécage, écartant la boue, les herbes, les racines, mettant à nu ici et là des rochers isolés. Sur trois d'entre eux, au bout d'une heure de recherches, des traces identiques furent repérées.

— Une sacrée machine, nota l'industriel américain. Près de cinquante mètres séparent ces traces qui dessinent grosso modo un carré. Et un sacré poids, aussi, pour avoir entaillé la roche de cette manière. Un vaisseau ?

— Je ne le crois pas, Jerry. Un vaisseau spatial ne se serait pas posé dans une zone de marécage, même en utilisant des roches affleurantes en guise de « terrain d'atterrisage ». Mais un cosmonef a fort bien pu, pour un temps assez court, déposer ici une machine dont la fonction nous échappe.

Il considéra ses compagnons, pareillement soucieux et hocha la tête :

— Si vous pensez aux Kannloriens, nous pensons la même chose, sans grand risque de nous tromper. Et de cela découle une évidence : ils sont parvenus à localiser cette planète refuge...

— Et ils nous préparent un coup de trafalgar ! maugréa Alain Le Kern.

— En matière d'armement, Michel, de quoi disposons-nous, sur la planète « H » ?

— Hope City a été édifiée sur et autour de sept collines, ceinturées de bastions soigneusement camouflés. Leur armement comprend des canons désintégrateurs, des missiles transdimensionnels, analogues à ceux de nos vaisseaux. La flotte aérospatiale compte une centaine d'appareil à puissance de feu moyenne.

— Serait-ce suffisant pour stopper... et repousser une invasion ?

— Je crains que non, Gilles, mais une invasion directe, même une attaque surprise, n'est pas dans la manière des Kannloriens qui répugnent souvent à agir à visage découvert. En général, ils intriguent dans l'ombre, complotent, fomentent, ourdissent leurs sales coups qu'ils font exécuter par d'autres. Par exemple, la Narkoum et l'axe Moscou-Tripoli-Téhéran, sur notre planète mère.

*
**

En cette fin de journée, après ce vol de reconnaissance circumplanétaire, Alain Le Kern avait accompagné Shiin Fowenng au Centre des Télétransferts.

Une animation inaccoutumée régnait dans la bulle du dispatching située au sommet de la tour massive. Le Centaurien Raonk-Tsinnlo, second de la Vahoukloane, vint l'accueillir dès sa sortie de la cabine de l'élévateur.

— Nous sommes inquiets, *ouk-nohoua,* fit-il en lui donnant son titre d'ingénieur principal, ce qui n'était point dans ses habitudes. Nous venons de constater la disparition d'une balise-T !

— Je suppose que tu as aussitôt lancé une équipe dotée de détecteurs ?

— Naturellement, et j'ai aussi donné l'ordre à un vaisseau de reconnaissance équipé d'un tel détecteur de fouiller la région dans un rayon de cent kilomètres. Résultats négatifs... A moins que le voleur ne l'ait pas activée ; auquel cas, elle demeure indécelable.

— A quelle heure as-tu découvert sa disparition, Raonk-Tsinnlo ?

— En début d'après-midi, lorsque Gahor-Nlor, le technicien chargé de former le Terrien russe, m'a demandé l'une de ces balises-T afin de lui en expliquer le fonctionnement.

— L'élève-ingénieur Boloniev et son instructeur travaillaient-ils ici ou bien dans l'une des sections des translateurs, en bas ?

— Ils étaient dans la tour, au second niveau du générateur, donc sous le dispatching. (Sa trousse à outils ouverte, l'instructeur désignait avec un tournevis l'un des organes internes, dont il venait de débloquer une plaque du carter de protection.) J'ai arrêté un instant la cabine de l'élévateur, au passage, pour bavarder avec eux. Gahor-Nlor se montrait satisfait de son élève qui assimilait avec rapidité son enseignement. Un Terrien fort doué pour la technologie de pointe. D'où la décision de Gahor d'aborder l'étude des balises-T. Je lui donnai mon accord.

Le second alla ouvrir une armoire métallique murale, en retira une malette plastique transparente, à six compartiments, dont cinq contenaient un boîtier noir de la grosseur d'un coffret à cigares.

— Le premier compartiment est vide. Le registre des sorties de matériel ne fait aucune mention d'une balise-T prélevée dans ce stock par un technicien.

— Excusez ma curiosité, intervint le géomancien, mais ces petits coffrets, quel est leur usage ?

Ce fut sa compagne qui le renseigna :

— Les balises-T — T pour Translation — émettent un signal servant à régler sur la longueur d'onde prioritaire celle d'un translateur non encore accordé. Un exemple : suppose un aéronef crashé dans le désert. Sa balise-T lance un signal « A ». Instantanément, un télétransféreur, déclenché par ce signal, l'évacue par dématérialisation. Si le signal émis est un signal « B », le processus est inversé : toujours instantanément, une brigade sanitaire est matérialisée avec son équipement et peut alors secourir sur place les blessés. Ce sont là les fonctions principales d'une balise-T. Et je ne vois vraiment pas qui aurait pu s'en emparer, ni pourquoi.

Elle revint à son second :

— En raison de cet incident, Gahor-Nlor a dû remettre à plus tard l'instruction d'Igor Boloniev, c'est ça ?

— Oui, *ouk-nohcua*. Il a pris la tête de l'équipe de recherches et emmené avec lui le Terrien russe...

*
**

Regagnant Gizeh II, Alain laissa Shiin Fowenng à leur appartement et se rendit chez Gilles.

— Il se passe des trucs assez... bizarres, annonça-t-il sans préambule en prenant place dans le fauteuil, face à son ami.

Par la porte entrouverte de la chambre lui parvint la voix de Régine :

— C'est toi, Alain ?

— Oui. Je...

Sans gêne aucune pour leur ami, naturiste tout comme elle et le journaliste, Régine, portant uniquement une serviette nouée autour du front, traversa le living, un flacon de son parfum « Madame » de Carven à la main :

— Le temps de me parfumer et je vous rejoins...

— Prends aussi le temps de passer une tunique, mon ange ! Si nous avions la visite de Nourredine — qui n'est peut-être pas encore adepte du naturisme —, la vue de ta merveilleuse anatomie pourrait le choquer !

— Ou lui causer un éblouissement, compléta le géomancien-analyste, en parfait galant homme.

Il entreprit alors de narrer à Gilles Novak le singulier incident : la disparition d'une balise-T, sans omettre le moindre détail. Le directeur de la revue « L.E.M. » piqua un cigare Perséus dans le coffret « Pleiades », après en avoir offert un à son visiteur.

— Mon vieux Alain, pour m'avoir rapporté ce vol « anodin », c'est que tu dois entretenir une certaine inquiétude. Et tu n'as pas tort. Ce larcin pourrait avoir des conséquences dramatiques ; il est urgent de prendre des dispositions pour parer à toute éventualité...

CHAPITRE IX

Au réfectoire de Gizeh II, Colette et Richard Raharisoa, chargés de leurs plateaux, venaient de trouver une table seulement occupée par Boloniev, l'élève-ingénieur avec lequel, le jour même, ils avaient déjeuné. Un garçon sympathique, miraculeusement sauvé d'un goulag par les Chevaliers de Lumière.

— Ce n'est pas trop dur pour toi, Igor, d'être seul sur ce monde ? questionna la jeune femme.

— Je ne suis plus seul, sourit-il. N'êtes-vous pas mes amis, depuis ce matin ? C'est déjà pas si mal. De plus, ce soir, j'espère trouver sinon l'âme sœur du moins une cavalière, à la garden-party. De préférence, une fille qui ne sache pas très bien danser.

— Pourquoi donc ?

— Parce que je danse très mal, ma pauvre Colette !

— Alors, nous sommes deux ! plaisanta-t-elle. Et comme Richard n'apprécie guère les bals, je suis et reste une mauvaise cavalière !

— Vous avez l'air malins, avec vos lamentations, railla son « mari ». C'est bon, Coco, nous irons à cette garden-party. Et ne te plains pas si Igor, en dansant, te marche sur les...

Il n'acheva pas, suivant des yeux un homme de haute stature, à la peau café au lait, qui déambulait avec son plateau, à la recherche d'une place. L'inconnu les aperçut et vint directement vers eux, s'installa :

— Je suis rudement content de vous avoir retrouvés ! Louis Antsahavola, c'est mon nom. Je suis malgache, tout comme vous, certainement.

Richard fit les présentations et questionna, perplexe :

— Nous avoir retrouvés ?

— Oui ! J'étais moi aussi sur la place Joffre, à Paris, mais trop loin de vous pour vous parler. Je vous ai remarqués lorsque vous avez pénétré dans l'enceinte du baraquement de filtrage, avant d'être téléportés ici. Trois heures plus tard, j'étais moi-même translaté à Hope City et ne vous ai plus revus, jusqu'à ce moment. Savez-vous s'il y a d'autres immigrants de chez nous ?

— Non, mais nous pourrions nous renseigner, demain, au service d'accueil et d'orientation, suggéra Colette. Tu es seul ?

— J'avais une compagne, à Paris... Les événements nous ont séparés, avoua-t-il avec une ombre de mélancolie.

Igor Boloniev se montra enjoué, pour le réconforter :

— Je suis un peu dans ton cas, Louis. Si tu veux, ce soir à la garden-party, nous essaierons de trouver une cavalière esseulée. Ou plutôt, deux !

Le Malgache attaqua son repas d'un bel appétit, heureux d'avoir rencontré ces compatriotes et ce russe optimiste. Une camaraderie naissante de bon augure.

*
**

Une foule considérable envahissait le Parc de la Rivière. De hauts mâts de bois dominaient les arbres et arbrisseaux, équipés de projecteurs qui dispensaient leur clarté à travers les feuillages. La plupart des tables étaient occupées et des haut-parleurs diffusaient une musique douce. Grande affluence aussi autour des distributeurs automatiques — gratuits — de jus de fruits. Les assoiffés créaient un incessant va-et-vient : colons des deux sexes, Chevaliers de Lumière terriens, centauriens, vahouns et vahoukloans fraternellement mêlés.

Une chaleur moite régnait, rappelant si besoin était la latitude subtropicale de Hope City. Parmi les Chevaliers de l'Ordre Cosmique, venus sans arme, la majorité des femmes arboraient une tunique légère, dénudant une épaule ou, encore, fendue jusqu'à la taille, moulant d'un décolleté vertigineux leurs seins libres.

Régine, Hiroko, Elishéva, Monique, Shiin Fowenng étaient de celles-là. Afin de mieux supporter la chaleur nocturne, elles avaient renoncé à la ceinture (les Chevaliers, ce soir, n'étant pas armés) et leurs tuniques flottaient avec grâce autour de leur corps. Bien des immigrantes les enviaient, n'ayant pas eu le temps ou su se procurer ces modèles fantaisies, disponibles au centre d'approvisionnement général.

Les membres des Commandos Alpha et « *Chari'a* » s'avançaient dans les travées, se dirigeant vers la longue table réservée, presque à la limite du parc, à l'orée de la forêt. Les Vénérables Maîtres Commandeurs — Michel Merkavim et Kartz Hoolinngo — Shorung-N'Taal et sa compatriote cassiopéenne, la belle N'Loong-Loorha, les avaient précédés. Ils prirent place, déposant leur gobelet de jus de fruits sur la table simplement rabotée, recouverte d'un enduit plastique, de même que les bancs.

— Bonne idée d'avoir passé ce vernis sur le bois, fit Daniel Huguet en promenant ses doigts sur le plateau, le banc et le dessous de la table, imité par ses amis qui, bizarrement et avec des gestes se voulant naturels, vérifiaient la texture lisse de ce mobilier rustique.

— En effet, convint Régine. Une simple écharde aurait pu accrocher nos tuniques, les déchirer.

Elle se pencha vers le chef du Commando « *Chari'a* », à sa gauche :

— Portes-tu des lunettes, habituellement ?

Il la considéra, étonné :

— Tu sais bien que non, pourquoi ?

Elle répondit par une autre question, tout aussi saugrenue, en apparence :

— Es-tu d'un naturel distrait ?

— Pas davantage. Mais... que cherches-tu à me dire, Régine ?

— Si tu as de bons yeux, si tu n'es pas distrait, mon Frère Youssef, tu dois être un imbécile !... Non, ne te vexe pas. N'as-tu pas remarqué cette place restée libre, à côté de notre sœur, la Cassiopéenne N'Loong-Loorha ? Et cette Vahoun, n'est-elle pas une spécialiste de l'Islam ? (1), qui parle l'arabe courant et littérature à la perfection ? Et toi, gros lourdaud timide, n'es-tu pas musulman ? Veux-tu que je demande à Monique Augeix de te faire un dessin ?

Il éclata de rire et se tut brusquement, gêné, tandis qu'à trois places de là, de l'autre côté de la table, la Cassiopéenne se mordillait les lèvres

(1) Cf. « *Narkoum : finances rouges* », op. cit.

pour ne pas rire, elle aussi. Télépathe, rien des confidences échangées ne lui avait échappé et ce fut elle qui mit un terme à l'embarras de Nourredine grâce à un prétexte :

— Youssef, mon Frère, une *sourate* (1) m'a posé un problème, aujourd'hui et cela me rendrait service, si tu pouvais m'éclairer. Veux-tu venir t'asseoir là, afin que nous en discutions ?

Et d'ajouter de façon confidentielle, en projetant sa pensée :

— *Régine, tu as fait rougir Youssef, avec tes chuchotements... indiscrets !*

— *Ne faut-il pas se rendre service, entre faibles femmes ?* répondit Régine, sans la regarder, trop occupée à parcourir des yeux les innombrables colons attablés autour d'eux.

Michel Merkavim se leva, portant à ses lèvres un minuscule micro H.F. La musique fut shuntée, restant en léger fond sonore sur ses paroles :

— Bienvenue à tous, amis, Sœurs et Frères Chevaliers de Lumière. Mon intention n'est pas de vous faire un discours, mais simplement de vous rappeler que cette garden-party a pour but de vous permettre de mieux vous connaître. Et, pour beaucoup d'entre vous, de faire connaissance... en dansant ou en dégustant ces boissons aussi peu alcoolisées que l'eau pure des bassins de décantation alimentant notre cité !

« Sœurs, Frères et amis, je bois, nous buvons à votre santé et à votre vie nouvelle ! »

Les applaudissements crépitèrent et après ce toast, le Vénérable Maître Commandeur ajouta :

— Maintenant, musique, et que la fête commence !

Gilles et Régine se dirigèrent vers l'immense

(1) Verset du Coran.

piste de danse rectangulaire, débutant au bord de la rivière N'Hocine et s'achevant presque à la limite du parc et de la forêt. Alain Le Kern et Shiin Fowenng, Elishéva et Jerry Fowler, Daniel et Hiroko suivirent leur exemple.

Le journaliste entraîna sa compagne sur le rythme d'un slow. Joue contre joue, il chuchota un « Je t'aime » qui se confondit avec les mêmes mots simultanément prononcés par Régine et cela les fit rire. Les danseurs, trop nombreux, ne pouvaient éviter de se bousculer et c'est ce qu'il advint.

— Pardon, Che... Chevalier ! bredouilla Igor Boloniev qui avait Colette pour cavalière.

— Ce n'est rien, Igor, sourit le chef du Commando Alpha. Nous sommes si compressés que ce bal se transforme en bousculade !

Colette approuva, rieuse :

— Igor dansant aussi mal que moi, nous avons plus de chance de nous bousculer de nouveau que de gagner le concours de reggae, vers minuit !

— Chéri ! s'exclama Régine. Il nous reste deux heures pour donner des leçons à ces maladroits. Changeons de partenaires !

La proposition fut acceptée dans la bonne humeur, Gilles enlaçant Colette et Igor sa compagne. Bientôt séparés dans la cohue, les deux couples se perdirent de vue.

— Ça ne s'est pas trop mal passé, *daragaïa*, jubila le Russe en écrasant la jeune femme sur sa poitrine.

— Oui, mais ce n'est pas une raison pour m'étouffer..., chéri !

Il relâcha son étreinte en caressant sa taille, s'étonna de palper, à travers le fin tissu, quelque chose d'épais :

— Que portes-tu, sous ta tunique, à même la peau ?

— Un ceinturon à poches multiples, contenant un petit flacon plat — mon parfum — et certains... accessoires dont une femme a besoin de se munir, à toutes fins utiles, une fois par mois. Cette métaphore est suffisamment explicite, non ?

Boloniev la serra de nouveau, tentant de l'entraîner vers la forêt et elle protesta :

— Non ! Pas encore. Dans une heure. Nous aurons pu, d'ici là, faire deux ou trois danses et Gilles se méfiera moins.

— Il se doute de quelque chose ?

— Oh ! non, voyons ! Sans cela je n'aurais pas proposé ce jeu, ce changement de partenaires, *daragoï*. Et Raharisoa, ne va-t-il pas s'étonner si Gilles invite sa femme deux ou trois fois encore ?

— Il a l'esprit ouvert et n'aime guère le bal. Je ferai en sorte de le rassurer, en expliquant votre si gentille proposition de nous apprendre à danser. Au dîner, ce soir, j'ai pris la précaution de lui dire combien je suis maladroit en la matière et sa femme a fait chorus, affirmant qu'elle dansait sans doute aussi mal que moi !

— En ce cas, tout est pour le mieux, chéri... Mais quand nous irons... faire une promenade, dans la forêt, ne nous éloignons pas trop. Je ne suis pas tranquille.

— Rassure-toi, j'ai déjà repéré un coin tout proche : deux troncs d'arbres abattus par la foudre laissant un espace suffisant... et masqué par des buissons. Avec un épais tapis de feuilles mortes.

— Qui saliront nos tuniques, y as-tu pensé ?

— Avais-tu l'intention de garder la tienne ? ironisa-t-il en embrassant furtivement sa joue.

Dansant à quelques mètres d'eux avec Gérard Ehret, Monique Augeix surprit ce baiser et eut l'air très malheureuse. Comment Régine osait-ellc s'afficher de la sorte ? Et Gilles, où était-il ?... Oui, là-bas, évoluant joue contre joue avec cette splendide « Africaine » aux seins volumineux ! Lui aussi semblait ne pas s'ennuyer, chuchotant Dieu savait quoi à sa cavalière qui pouffait ! Un drôle de couple, finalement, ce duo Gilles-Régine, l'un l'autre fermant complaisamment les yeux sur leurs frasques réciproques ! Toute à ses pensées chagrines, l'artiste peintre exhala un long soupir et son cavalier se méprit :

— Excuse-moi, Monique ! J'ai dû te marcher sur le pied !

Plus loin, le slow achevé, Gilles Novak raccompagnait Colette lorsqu'ils croisèrent, sur la piste, l'immigrant Antsahavola. La jeune femme l'interpella :

— Louis ! Viens, je voudrais te présenter le Chevalier Gilles Novak. Gilles, mon compatriote Louis Antsahavola.

Les deux hommes se serrèrent cordialement la main, bavardèrent tout en marchant vers la table où « l'époux » de la jeune femme, visiblement, s'ennuyait ferme !

Après les présentations, le journaliste plaisanta :

— Au lieu de rester tout seul, Richard, si tu ne danses pas, pourquoi ne viendriez-vous pas, tous les trois, à notre table ? Tous les quatre, plutôt, puisque qu'Igor suit des cours de danse avec Régine ! Tenez, il la raccompagne...

Effectivement, l'élève-ingénieur s'entretenait un moment encore avec sa cavalière qui venait de le présenter à ses amis. Voyant son compagnon ramener le couple Raharisoa et leur compatriote, elle parut ravie :

— C'est une très bonne idée, chéri, de les avoir invités à notre table ! Il reste justement quatre places inoccupées !

Elle désigna celles-ci, à l'autre extrémité de la table et s'installa avec eux, tandis que les places initiales de Gilles et Régine demeuraient vacantes. Pas pour longtemps car Alain, Shiin et Daniel s'écartèrent un peu, sur le banc, afin de combler ces vides... La seule à ne point partager l'euphorie — toute relative — de ses voisins fut Monique Augeix, qui n'appréciait point la présence du jeune Russe aux côtés de Régine ! Et pas davantage celle de Colette à la droite de Gilles !

S'afficher ainsi, ostensiblement, choquait l'artiste peintre qui finit par se demander si les apparences n'étaient pas trompeuses... Certes, d'étranges consignes leur avaient été données à tous, avant de se rendre à cette garden-party. Consignes dictées par la sécurité, mais pourquoi demeuraient-elles vagues, ces consignes ? Qui, dans le Commando Alpha ou le Commando « *Chari'a* », savait ce qu'elles dissimulaient ? Elle percevait, intuitivement, une tension subtile autour d'elle... Et, subitement, son inquiétude larvée disparut comme par enchantement ; elle se décrispa, afficha une mine détendue et accepta l'invitation de Michel Merkavim.

Le masque impénétrable, Shorung-N'Taal les suivit des yeux jusqu'à ce qu'ils eussent atteint la piste de danse.

Colette posa la main sur celle de son époux :

— Chéri, tu ne veux vraiment pas essayer de danser avec moi ? Je te montrerai les pas que le Chevalier Novak m'a appris...

Il lui sourit gentiment, secoua la tête :

— Pas ce soir ; profite de ses leçons et quand tu sauras très bien danser, à ton tour tu m'apprendras... Je t'en prie, Chevalier Novak, continue d'initier ou de perfectionner Colette. Je ne veux pas que mon ignorance gâche sa soirée.

L'élève-ingénieur se leva :

— Excusez-moi une minute, amis. Et si le Chevalier Novak le permet, je te retiens pour la prochaine danse, Régine.

— Oubliez tous mon titre et appelez-moi simplement par mon prénom, sourit le journaliste. Bien sûr, tu peux danser avec Igor, ma chérie, fit-il avant de quitter la table avec Colette.

Boloniev revint au bout d'un moment et Régine le précéda vers la piste envahie par les couples, Antsahavola, lui, resta pour tenir compagnie à son compatriote momentanément abandonné par sa « femme ».

Tout en dansant, Régine questionna son cavalier :

— Pourquoi t'es-tu éclipsé, tout à l'heure ?

— Je voulais m'assurer que notre... petit nid, dans la forêt, n'était pas déjà occupé par des amoureux : la voie est libre. Viens... mon amour.

Elle tergiversa, pour la forme, puis céda, non sans lui faire ce reproche :

— N'emploie pas ces mots, Igor. Je n'ai pas le droit de te laisser te bercer d'illusions. J'aime Gilles et ne le quitterai pas. Même si... nos brèves rencontres intimes sont des plus agréables !

— J'apprécie ta franchise, mais je ne puis m'empêcher de t'aimer, *daragaïa*. Je crois que je t'ai aimée dès le premier instant, quand toi et tes compagnons du commando m'avez délivré, dans cet abominable goulag, alors que mon corps n'était qu'une plaie !

Elle resserra son étreinte, murmura :

— Mon pauvre chéri...

Ils pénétrèrent dans la forêt alors que, la danse achevée, les couples regagnaient leurs tables.

Les buissons franchis, Régine et Igor débouchèrent sur une zone assez restreinte mais dégagée par la chute de ces deux gros arbres foudroyés, laissant entre eux un espace de trois mètres, tapissé de feuilles mortes. Le Russe enlaça la jeune femme, l'embrassa avec passion en caressant ses formes, fébrile et impatient.

— Nous n'avons que peu de temps, chéri, rappela-t-elle.

Il acquiesça, se dépouilla de sa tunique, la posa précautionneusement sur l'un des troncs et, tout en arrangeant ses plis vers le bas, il glissa furtivement sa main sous l'arbre abattu, chercha deux à trois secondes et refit face à sa partenaire, un peu surpris de constater qu'elle avait gardé sa tunique.

— Tu devrais l'ôter, *daragaïa*, fit-il en retirant son slip.

Visiblement mal à l'aise, jetant à l'entour des regards inquiets, Régine remonta lentement le bas de sa tunique, dévoilant ses jambes, ses cuisses admirables et soudain, elle laissa son geste inachevé, les mains sur les hanches sous le léger vêtement en partie retroussé. Une grande lueur bleuâtre, à moins de 100 m, illuminait la forêt ! Presque sans transition, ce fut l'horreur : surgissant du néant, des dinosauriens carnassiers se matérialisaient dans cette lueur, poussant des barrissements assourdissants et fonçant droit devant eux, vers le Parc de la Rivière !

Attablés, Michel Merkavim et Kartz Hoolinngo, à l'instar des membres des Commandos Alpha et « *Chari'a* », fourragèrent sous la table et retirèrent immédiatement les multirays *dissi-*

mulés là avant l'ouverture de la garden-party ! Avec un ensemble parfait, ils firent passer leur tunique par-dessus leur tête et, en slip de bain, apparurent avec, autour de la taille, un ceinturon dégraviteur-propulseur !

Ils bondirent, s'élevant au-dessus de l'indescriptible panique qui s'était emparée des danseurs dès les premiers barrissements venus de la forêt.

— Mais... où est Gilles ? s'alarma Monique Augeix.

— *Déjà dans la place !* lança mentalement Shorung-N'Taal. *Je t'avais suggestionnée, Sœur Monique, pour jouer les naïves dépassées par les événements. Mais ce n'est plus nécessaire : ton esprit est libre, à présent.*

Elle eut l'impression d'un flou bizarre dans ses pensées, puis battit des paupières, médusée, tout en se propulsant vers la forêt à la suite des autres. Vers la forêt où Gilles et Régine, enlacés et en slip tout comme eux, avaient actionné leur ceinturon dégraviteur pour se maintenir immobile au-dessus des arbres ! Igor Boloniev avait disparu... mais pas les monstrueux dinosaures qui, formidables machines à tuer, dévastaient la jungle et se ruaient vers la garden-party en pleine débandade.

Hurlant de terreur, les invités fuyaient en tous sens, certains plongeant dans la rivière.

— Visez leur tête ! recommanda Gilles, donnant l'exemple en tirant un dard du multirays réglé sur sa fonction « désintégrateur ».

Un feu d'enfer se déchaîna, décapitant les premiers monstres dressés sur leurs énormes pattes postérieures, qui parcouraient encore quelques mètres, sur leur lancée, tout en expulsant des geisers de sang avant de s'écrouler, rompant de leur poids des arbres séculaires !

— Chéri ! cria Régine. Quand Igor a retiré sa tunique, sous prétexte de l'étaler avec soin, il a farfouillé sous le tronc de l'arbre abattu. J'ai compris trop tard : c'est là qu'il avait caché la balise-T. Il l'a mise en circuit et le transféreur de matière, matérialisé par les Kannloriens dans les marécages d'Alkahira sur l'autre continent, a pu instantanément téléporter ici les « dinos » !

Ils regardèrent autour d'eux, s'assurant qu'aucun de leurs amis ne se trouvaient dans leur champ de tir, avant de projeter vers les deux troncs abattus le faisceau, élargi, du multirays. Sur un rayon de dix mètres, au-dessous d'eux, les deux troncs, les buissons et les arbrisseaux furent désintégrés dans une lueur éblouissante. Aussitôt, plus loin, la lueur bleue du champ de translation s'éteignit.

Emportés par leur ceinturon dégraviteur, ils foncèrent tous deux à la suite de leurs compagnons, achevant de détruire, de décapiter les terrifiants carnassiers qui avaient envahi la piste de danse désertée... mais jonchée de cadavres d'hommes et de femmes, certains mutilés par les mâchoires des monstres ou écrasés, réduits en un affreux magma ! Les mâts-lampadaires, à la limite du parc et de la forêt, avaient été brisés, rompus par la charge aveugle des « dinos » poursuivant leurs proies humaines. Le dernier carnassier géant gisait dans une large mare de sang, étalant ses 30 mètres et sa queue bardée de piquants sur la piste. Détail horrible, sa griffe antérieure gauche serrait encore une jambe arrachée à sa victime !

— Quel épouvantable carnage, mon Dieu ! gémit Monique Augeix, échevelée, le multirays dans sa dextre, le bras le long du corps.

Les Chevaliers de Lumière avaient repris

contact avec le sol, regroupés près de ce qu'il restait de la longue table, rompue, renversée, avec ici et là des cadavres ensanglantés, méconnaissables !

Michel Merkavim et Kartz Hoolinngo, le bracelet émetteur-récepteur devant leurs lèvres, parlaient avec animation, distribuaient des consignes.

Régine prit par les épaules son amie bouleversée qui posa sur elle son regard noyé de larmes :

— C'est... abominable, abominable !

— Oui, Monique, un holocauste que nous aurions pu éviter... à la condition d'avoir su ce que tramait exactement les Kannloriens et leurs complices korogz. Notre Frère Shorung-N'Taal t'avait suggestionnée temporairement, de sorte que tes réactions, au gré des événements, t'ont laissée perplexe, frappée d'incompréhension, afin de berner l'adversaire dans la mesure où il aurait pu sonder ton psychisme.

— Oui, Shorung m'a lancé un message, avant de réactiver mon libre-arbitre, néanmoins, mes pensées ne sont pas encore très claires. Mais vous tous, vous n'étiez pas à l'abri d'une introspection psychique ennemie...

— Si, car nos Frères vahouns, flairant cette éventualité, avaient dressé un écran mental occultant nos pensées intimes et certaines zones mnémoniques. Malheureusement, en dépit de tous leurs efforts, ils n'ont pas pu percer le secret d'Igor Boloniev.

— Le... ton...

— Mon amant très momentané, oui, avoua-t-elle tandis que Gilles l'entourait affectueusement de ses bras.

L'artiste peintre considéra le journaliste, ébahie :

— Alors, tu... tu savais ?

— Mieux, cela faisait partie d'un plan arrêté avec l'accord de Régine et de nos Frères, reconnut-il. De même que Régine n'ignorait rien de mon « infidélité » pour gagner la confiance — toute relative — de Milinn-Goué ; nous avions la quasi-certitude qu'en organisant son évasion, elle tenterait une action contre nous, avec l'aide du pseudo-Malgache Richard Raharisoa. Nos Frères Vahouns l'avaient identifié comme étant un Korogz de la fraction dure pactisant avec les Kannloriens et la Narkoum. Nous lui avons délivré, lors du rassemblement, à Paris, un formulaire « B » ainsi qu'à sa compagne du moment, une certaine Nouéen-Laé, Milinn-Goué devait prendre sa place, sous le nom de Colette, épouse de Raharisoa.

Monique regarda autour d'eux :

— Au fait, où sont-ils passés, tous les deux ?

— Ils ont fui, lors de la panique déclenchée par l'irruption des Carnosauriens, expliqua Shien Fowenng.

Puis elle tourna vivement la tête vers le nord. Tous suivirent son regard et reconnurent, volant à grande vitesse, un homme de couleur : le Malgache Louis Antsahavola. En slip de bain, débarrassé lui aussi de sa tunique et équipé d'un ceinturon dégraviteur-propulseur, ils prit pied parmi eux et pesta :

— Milinn-Goué et Zlenn-Horag se sont mêlés aux fuyards épouvantés et j'ai perdu leur trace, Chevaliers !

L'artiste peintre toisa avec incrédulité ce colosse à la peau café au lait et s'exclama :

— Alors là, je ne comprends plus rien ! Ce colon malgache est donc dans la confidence ?

Et moi, j'ai l'air d'une bécassine laissée de côté, à jouer les andouilles ?

Le Vahoun Shorung-N'Taal posa fraternellement la main sur le bras de la jeune femme déconfite :

— Louis Antsahavola n'est pas malgache et ce nom n'est pas le sien. D'origine Korogz, appartenant à la fraction modérée désireuse d'entretenir des relations amicales avec notre Confédération, il fut le chef et le compagnon de Milinn-Goué. Son nom est Harl-Batok, ex-responsable de l'antenne korogz à Paris. Ecarté de ce poste, remplacé par Zlenn-Horag — inféodé aux Kannloriens — il fut immédiatement exilé sur Mahann-Toga, planète secondaire de leur Empire. Une chance pour nous : Zlenn-Horag et Harl-Batok ne s'étaient jamais rencontrés. Si nous découvrions ce dernier, nous aurions en lui un allié.

« Nous l'avons longuement cherché, finalement localisé puis téléporté à bord du *Nerkal,* où il resta au secret, mais libre et franchement déterminé à coopérer avec nous. Et il nous le prouva rapidement en nous signalant ce qu'il avait fortuitement appris. Reportez-vous à l'an dernier : en Bourgogne, deux gendarmes avaient été les témoins d'une scène insolite, voire incroyable : un O.V.N.I. ou « soucoupe volante » s'était posé dans un champ et une vieille Citroën deux chevaux vint le rejoindre. Deux hommes en tenue extravagante, l'un portant une ombrelle et l'autre une épuisette, abandonnèrent la voiture. Du vaisseau descendirent deux autres hommes — kannloriens comme les automobilistes — aux allures efféminées, tout aussi extravagants, qui prirent la vieille voiture et s'éloignèrent tandis que les premiers pénétraient dans l'engin. Une minute après, celui-ci décollait (1).

« Ces deux extravagants, redoutables agents de l'Empire de Kannlor, s'appelaient Dolnir pour le conducteur et Bolinjar pour le passager. Bolinjar s'était introduit dans le milieu de la pègre, à Paris : prostitution, trafic de drogue... fournie par la Narkoum. »

— Je m'en souviens parfaitement, fit Monique. Quand nous avons, avec Gilles, Régine et d'autres Chevaliers attaqué leur villa et capturé toute cette racaille, Bolinjar s'est évaporé, translaté par ses compatriotes kannloriens. Il est donc mêlé à ce drame que nous venons de vivre ?

— Jusqu'au cou, enchaîna Gilles Novak. Ses traits modifiés par un remodelage plastique, cet agent fort dangereux accepta une mission pouvant devenir une mission-suicide, cela avec le concours de la Narkoum et du K.G.B... *Sous le nom d'Igor Boloniev !*

— Mais... Voyons ! s'exclama l'artiste peintre, j'étais avec vous lorsque nous avons délivré ce malheureux, le corps flagellée par ses bourreaux ! Il était militaire dans les troupes d'occupation soviétiques en Afghanistan ! Ses propos « déviationnistes » lui avaient valu d'être déporté au goulag de Tchéliouskine. Et ce camp de la barbarie bolchevik, nous l'avons libéré ! Ne me dis pas que ces souvenirs font partie des suggestions que je dois à notre Frère Shorung-N'Taal !

— Je ne le dirai pas, car c'est là un événement bien réel, continua le journaliste. Ce goulag où régnait une discipline digne de celle des S.S., nos avisos l'ont survolé vingt-quatre heures avant de l'attaquer. Ce fut là notre erreur. En apercevant nos appareils de reconnaissance, les miliciens du

(1) Cf. « *Le Pacte de Kannlor* », op. cit.

K.G.B. en poste à Tchéliouskine comprirent que nous allions passer à l'action. L'agent kannlorien Bolinjar fut aussitôt « saisi » parmi les Zeks — ils en témoigneraient — et conduit pour interrogatoire au Q.G. du camp. Là, des médecins kannloriens lui firent, comme cela était convenu, une piqûre insensibilisante et ses chairs furent lacérées, pour simuler une flagellation. Il ne ressentit rien de cette pseudo-torture, l'insensibilisation devant durer près d'une semaine.

« Avec ces plaies affreuses, il allait faire un Zek supplicié des plus présentables, sous l'identité factice d'Igor Boloniev, lieutenant *afghantsy*, ce qui était faux, évidemment. Tout comme son titre d'élève-ingénieur en électronique, Bolinjar-Boloniev n'était pas *élève,* mais électronicien accompli ! Ses compétences lui serviraient pour obtenir un poste adéquat, une fois libéré, guéri et translaté sur la planète « H ». Et les choses se passèrent bien ainsi.

« Ses compatriotes kannloriens l'avaient informé de la présence prochaine, à Hope City, de deux alliés korogz : Zlenn-Horag sous l'identité de Richard Raharisoa et de Milinn-Goué, sous celle de sa femme Colette. On ne lui avait rien dit de la mission secrète de ce couple de pseudo-Malgaches, mais il devait prendre contact avec eux, gagner leur sympathie et dans un second temps, le cas échéant, leur prêter main forte.

— Cette Milinn-Goué fut une comédienne de talent, dans ce rôle de Malgache.

— Non, Monique. Elle a été conditionnée pour oublier son identité korogz véritable et *devenir* une Malgache, avec de faux souvenirs, acquis, capables de tromper, par exemple, un authentique Malgache qu'elle aurait pu rencontrer.

— Et sachant tout cela, vous l'avez laissée agir tranquillement, à Hope City ?

— Nous n'avions pas d'autres moyens, Monique, intervint le Vahoun. Nous avons tenté de sonder son psychisme mais n'avons pas persévéré, en découvrant en elle des traces de conditionnements *successifs* — dont l'un que nous avions pratiqué, durant son hibernation à bord du *Nerkal*. Essayer de vaincre ces barrières mentales inconscientes, à distance, aurait pu lui être fatal. Il nous aurait fallu pouvoir l'arrêter, la soumettre à un déphaseur analytique des zones mnémoniques réparties dans son cortex, puis en extraire successivement les informations, les suggestions résultant de ses conditionnements.

— De sorte qu'à l'heure actuelle, vous ignorez en quoi consiste sa mission !

— Nous savons seulement une chose, puisée dans le psychisme de Zlenn-Horag/Raharisoa : cette mission a pour nom-code les lettres « *P.E.* ». Ou « *Mission P.E.* ». Là non plus nous ne nous sommes pas risqués à tenter une introspection plus profonde, mais nous avons cependant noté un détail... inattendu : Zlenn-Horag semble faire une fixation sur son rasoir ! Un vieux rasoir-couteau qui constitue apparemment une image *obsessionnelle*. Nous...

Un ordre bref du Vénérable Maître Commandeur l'interrompit :

— Départ immédiat ! La localisation visuelle a commencé !

Ils actionnèrent leur ceinturon dégraviteur-propulseur et prirent la direction du nord-est.

Volant de conserve avec ses compagnons, Michel Merkavim commenta :

— Nous n'avons jamais perdu Milinn-Goué, pour une raison fort simple : lors de son opération, après qu'elle eut été grièvement blessée, plusieurs de ses organes ont été remplacés, mais de cela, vous étiez au courant. Vous ne saviez pas, en revanche, que l'une de ses sutures internes abritait un microscopique émetteur d'impulsions localisatrices. Nous l'avons suivie en permanence dès sa téléportation à Hope City. Le message que je viens de recevoir, relatif à sa localisation visuelle, signifie que nos opérateurs la voient désormais directement et non plus seulement comme une trace en pointillés sur un écran.

« Elle et Zlenn-Horag ont été repérés au flanc de la colline des bassins de décantation. »

Harl-Batok, le pseudo-Malgache, se rapprocha de Merkavim, soucieux :

— Je te rappelle nos conventions, Vénérable Maître Commandeur.

— Tu as ma parole, ami... A vous tous, ajouta-t-il. Nous devons capturer Milinn-Goué sans brutalité. Réglez vos multirays sur la fonction hypnogène, il nous la faut vivante, si nous voulons extirper de son psychisme le plan secret des Kannloriens et savoir ce que signifient les lettres « P.E. », mais il y a aussi une autre raison : Milinn-Goué n'est plus maîtresse d'elle-même. Elle agit comme une sorte de zombie, obéissant aux injonctions gravées dans son psychisme. De plus, nous savons qu'elle avait abandonné la fraction dure des Korogz et qu'elle n'aimait guère l'Empire de Kannlor ; prévenus par ses soins, nos Frères vahouns, à Marseille, ont pu déjouer un attentat (1). Pour échapper à son

(1) Cf. « *La terreur venue du néant* », op. cit.

compatriote Ourngo, qui voulait sa mort, c'est chez Gilles et Régine qu'elle s'était réfugiée.

« Tout cela milite en sa faveur. Mais si la Milinn-Goué consciente de naguère n'était plus une ennemie, la « Colette Raharisoa » qu'elle est devenue en est une et nous devons la capturer sans lui faire de mal. Débarrassée de ses conditionnements qui la font agir contre sa volonté, elle deviendra notre amie et notre alliée, tout comme l'est Harl-Batok.

« Nous approchons. Plus un mot, Shorung-N'Taal va désormais nous guider... »

Ils perdirent de l'altitude et, frôlant la cime des arbres, à la suite du Vahoun, ils s'élevèrent silencieusement vers le sommet de la colline dominée par un plateau. Ce vaste quadrilatère comprenait huit grands bassins de décantation et l'usine d'assainissement ou de contrôle de l'eau puisée dans la nappe phréatique.

— *Déplaçons-nous un peu sur la droite...*

Obtempérant à l'ordre télépathique du Cassiopéen, ils aperçurent le couple qui, à couvert, gravissait la colline, échappant parfois à leur vue et reparaissant entre deux buissons. Fatiguée par cette course — le Parc de la Rivière qu'ils avaient fui était éloigné de cinq bons kilomètres — Milinn-Goué ne marchait pas aussi vite que son « époux ». Celui-ci lui prit la main, la tira pour l'aider à franchir des éboulis. De temps à autre, le Korogz portait machinalement la main à sa ceinture, la palpait, reprenait son ascension.

Le couple atteignit enfin le plateau et s'accorda une minute de répit, pour souffler. Puis il s'éloigna de l'usine d'assainissement et se dirigea vers le premier bassin.

Aux aguets, en sustentation gravifique parmi

le feuillage des arbres, le commando observait la scène, s'interdisant d'intervenir prématurément.

Zlenn-Horag étreignit sa « femme », l'embrassa longuement et murmura une courte phrase à son oreille.

Le Vahoun renseigna ses amis :

— *Il vient de dire : « P.E. »... C'est tout.*

Un étrange changement s'opéra chez la jeune femme. Elle demeura un instant figée puis, au bord du bassin, se dépouilla de sa tunique, la laissa tomber à ses pieds, resta nue, les bras le long du corps, amorphe, sous l'emprise d'un conditionnement psychique déclenché par ce stimulus : ces simples lettres « *P.E.* » chuchotées à son oreille...

Sous la faible clarté du ciel nocturne, elle ressemblait à une statue de bronze, pétrifiée, ses seins volumineux mais fermes ajoutant à la beauté de sa silhouette de Vénus née sur un autre monde.

De la poche de sa ceinture, Zlenn-Horag retira un objet, qu'il tripota des deux mains. Lentement, il écarta son bras droit, le rasoir ouvert dans sa dextre et amorça le geste meurtrier... *dirigé sur les seins de son « épouse » !*

Les multirays crachèrent leur faisceau mauve. Le rayonnement hypnogène déconnecta instantanément le conscient du Korogz qui, sans lâcher le rasoir, s'effondra aux pieds de Milinn-Goué, privée de sensations, les yeux ouverts sur un regard atone.

Harl-Batok plongea vers elle, l'enleva dans ses bras puissants tandis que Michel Merkavim et Gilles plongeaient à leur tour pour se saisir du corps inerte de Zlenn-Horag.

— Je la conduis au Centre hospitalier ! cria

Harl-Batok en l'emportant dans ses bras pour s'éloigner d'un vol rapide vers Hope City.

— Nous y serons peu après toi, ami !

Dix minutes plus tard, Gilles Novak et ses compagnons installaient Zlenn-Horag, toujours inconscient, sur un fauteuil équipé d'un casque à électrodes, dans le laboratoire « Psi » du Centre hospitalier. Une vive animation régnait dans l'établissement, avec l'afflux des blessés lors de « l'invasion » des dinosaures au beau milieu de la garden-party !

Harl-Batok avait étendu Milinn-Goué sur un siège-relax déployé, s'était assis à son chevet et tenait sa main, la pressait dans ses doigts. Certes, elle n'avait plus les traits de Milinn-Goué, ses seins étaient nettement plus gros, mais il ne pouvait l'ignorer : cette apparence nouvelle dissimulait la femme qu'il aimait, de laquelle l'exil forcé l'avait séparé.

Plusieurs Vahouns s'étaient joints à Shorung-N'Taal et Shiin Fowenng. Ils faisaient cercle autour du Korogz coiffé du casque à électrodes, les poignets, les chevilles liés par des sangles magnétiques fixées aux appuis-bras et aux pieds du fauteuil incliné.

Des aiguilles s'agitaient sur des cadrans lumineux, des chiffres à cristaux liquides se formaient, se déformaient avec une rapidité fulgurante tandis que, sur la table traçante, sous les stylets encreurs, se déroulait un large ruban de papier millimétré. Les Vahouns se concentraient, sondaient de plus en plus profondément le psychisme du captif inconscient.

Harl-Batok, lui, avait oublié son entourage. Anxieux, il scrutait le visage immobile, inexpressif, de sa compatriote. De l'index, il caressa son front, puis l'aréole mauve sombre de son sein droit et soudain, d'une puissance inouïe, une injonction psychique traversa son esprit :

— *Ne touche pas à sa poitrine, ami !*

Il avait sursauté, tourné la tête, surpris le regard impérieux de Shorung-N'Taal et, l'esprit en déroute, revint à Milinn-Goué. Ses seins magnifiques, maintenant, exerçaient sur lui une étrange fascination nuancée d'angoisse : pourquoi ne devait-il pas caresser les seins de la femme qu'il aimait ? Une caresse chaste, un effleurement de douceur infinie... C'était ridicule ! Cela ne prêtait pas à conséquence.

— Si, mon ami !

Cette fois, le Vahoun s'était exprimé verbalement et non plus par télépathie. Il continua :

— Nous avons arraché à Zlenn-Horag le secret de la mission *P.E.* conçue par l'Empire de Kannlor pour faire échec au développement de cette planète et anéantir jusqu'aux derniers ses colons... et nous avec ! *P.E.*, cela veut dire *Plan d'Extermination !* La mort de nous tous, à Hope City, frappés par une arme bactériologique épouvantable à base de toxine botulinique dont la dose létale ne se compte pas en grammes, ni en milligrammes, mais en nanogrammes ou *milliardièmes de gramme !* Un projet criminel que nous effacerons du psychisme de ce Korogz pour en faire un allié !

— Mais... Cette arme, cette bombe bactériologique terrifiante, Zlenn-Horag ne l'avait pas sur lui ! objecta Monique, livide. Où l'a-t-il cachée ?

— Ici même, ma Sœur Augeix ! *C'est Milinn-Goué.*

— Comment, c'est Milinn-Goué ?

— Elle EST cette bombe bactériologique : les implants qui ont accru le volume de ses seins ne sont pas autre chose *que des réservoirs de toxines botuliniques, soigneusement isolées dans ces prothèses plastiques!* Des implants souples que Zlenn-Horag, en tranchant les seins de Milinn-Goué, aurait fendus, poussant ensuite la malheureuse, inconsciente, dans le bassin de décantation *dont l'eau alimente notre cité!*

— La mort sans phrases, murmura Gilles Novak, consterné à l'instar de ses compagnons.

Shoroung-N'Taar s'approcha de la Korogz, posa sa main sur l'épaule de Harl-Batok à son chevet :

— Nous ne pouvons confier Milinn-Goué à nos chirurgiens, le risque d'une infime éraflure avec un bistouri serait trop grand. C'est nous qui allons devoir « opérer » et non *l'opérer*. Les psycho-chirurgiens des Philippines, ceux qui ont réellement des pouvoirs de dématérialisation des tumeurs, et non pas les charlatans qui dupent nombre de malades, vous donneront une idée de ce que nous, nous allons faire...

Le groupe des Vahouns fit écarter Harl-Batok et ils se répartirent autour de la patiente, se concentrèrent, fusionnant leur énergie Psi, les yeux rivés sur la partie inférieure des seins de Milinn-Goué. Insensiblement, la masse des globes de chair s'anima, avec une telle lenteur qu'il était difficile de suivre leur mobilité, puis tout se déroula très vite : les seins s'affaissèrent tandis que les implants, dématérialisés, apparaissaient instantanément, demeuraient immobiles au-dessus du ventre de la jeune femme. Deux sortes de « sachets » imprégnés de sang, affectant l'aspect de croissants souples, translucides, où l'on devinait une substance liquide ! Sur la poitrine : aucune trace de ces « extractions » !

Shiin Fowenng, munie d'une boîte en plastique

transparent, l'approcha sous les implants qui, alors seulement, tombèrent avec un petit bruit flasque. Elle referma le couvercle, tint la boîte à deux mains et gagna la salle d'opération la plus proche. Des chirurgiens centauriens et vahouns l'attendaient. L'un d'eux débloqua le volant d'une cuve à désintégration dont l'énorme couvercle se souleva avec lenteur. La Vahoukloane déposa son terrifiant fardeau au fond du cylindre et l'épais couvercle étanche fut refermé, hermétiquement. Il ne s'agissait plus d'éliminer ici des « débris humains », à la suite d'une ablation d'organe, mais bien d'annihiler ces toxines, les plus virulentes connues à ce jour! L'un des chirurgiens tourna un bouton, sur le tableau mural de commande. Une vibration rompit le silence, grimpa vers l'aigu, se stabilisa : un champ magnétique de coercition se développa dans la cuve, isolant son contenu de ses parois. Le chirurgien enfonça un bouton et un claquement sec retentit : emprisonné dans cette « bouteille magnétique », « tube Zéta » ou encore « Stellarator », un faisceau d'électrons portés à un million de degrés désintégra jusqu'au dernier atome la boîte et son mortel contenu! Et ce en un millionième de seconde. Fantastique résultat dû à la magnétohydrodynamique, capable de confiner dans un champ magnétique un plasma porté à cette fabuleuse température, avec conversion de l'énergie thermique en énergie électrique immédiatement emmagasinée dans des électrets-accumulateurs géants.

Lorsque Shiin Fowenng revint auprès de ses amis, Shorung-N'Taal et ses compatriotes avaient déconnecté les zones mnémoniques de Milinn-Goué, gommé toute trace de ses conditionnements et la jeune Korogz ouvrait les yeux.

D'abord inquiète en apercevant tous ces Chevaliers de Lumière, elle tressaillit en découvrant enfin Harl-Batok, qui lui tenait la main ! Ses lèvres remuèrent mais, la gorge serrée par l'émotion, elle fut incapable de proférer un son et se mit à sangloter en s'accrochant convulsivement à cet être qu'elle aussi avait aimé. Celui-ci se pencha, la prit dans ses bras, couvrit de baisers son visage baigné de larmes.

Gilles Novak et ses compagnons s'éclipsèrent, les laissant seuls, pour se détendre dans une salle d'attente. Avec un léger retard, imputable aux minutes angoissées qu'ils venaient de vivre, Shorung-N'Taal et ses compatriotes cassiopéens furent alors chaleureusement félicités par les Terriens et les Centauriens. Sans leurs prodigieux pouvoirs mentaux, la planète « H » serait devenue un désert jonché de 80 000 cadavres, sa population entière !

— Nous avons remporté une victoire, admit Shorung-N'Taal, mais les Kannloriens et la Narkoum — directement associée à ce Plan d'Extermination — ne resteront pas sur cet échec.

— Ni nous sur ta victoire et celle de tes Frères, déclara résolument Gilles Novak. N'est-ce pas, Michel et toi, Kartz ?

Les Vénérables Maîtres Commandeurs de l'Ordre Cosmique opinèrent et Merkavim, les mâchoires soudées, gronda :

— Nous allons préparer des représailles à la mesure de l'abominable forfait que ces monstres ont bien failli accomplir ! Kannloriens et canailles de la Narkoum liées à l'axe Moscou-Tripoli-Téhéran, n'ont pas fini d'entendre parler de nous ! Surnommés les « Rambo du Cosmos », nous porterons la destruction dans leurs rangs, sur la Terre et jusqu'au cœur de l'Empire de Kannlor, s'il le faut !...

Une menace qui ne resterait sûrement pas lettre morte...

FIN

Achevé d'imprimer en février 1988
sur les presses de l'imprimerie Bussière
à Saint-Amand (Cher)

— N° d'impression : 3171. —
Dépôt légal : février 1988.
Imprimé en France

PUBLICATION MENSUELLE